佐太郎秀歌私見

尾崎左永子

角川書店

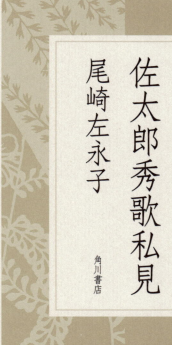

佐太郎秀歌私見　目次

第二章　佐太郎のことば

装幀　大武尚貴

佐太郎秀歌私見

尾崎左永子

序

詩人の眼

佐藤佐太郎先生のまなざしは、ほんとうに「詩人の眼」というのにふさわしかった。体軀堂々としていくらか猫背、東北出身独特の、寡黙で口の重い方であったが、その黒眼がちの瞳がじっと宙の一点をみつめてとどまることがあった。そんな時の眼の澄み様《よう》は、尋常一様のものではない。目の前に誰がいようと、ふっと内に籠る自己の勁《つよ》さを保ちながら、遠い未来、遥かな宇宙へ想念がトリップしてしまったような、凝縮の刻がそこにみえた。「純粋」とはこういうのをいうのだろう。

私が佐太郎門に入ったのは十七歳、父の友人岩波茂雄さんを介してのことだったが、戦後、焼跡の蒲田糀谷《こうじや》に、黒い紋付の羽織をまとった母に連れられて行き、初めてお目にかかった。その後、青山の墓地下《した》の家、青山五丁目の坂下の家、どこにでも押しかけ、先生の時間を勝手にむしり取った。小生意気《こなまいき》な、戦後派《アプレゲール》の女子学生だった私を前に、時として見せられるそのまなざしに私はしびれた。「あー、これこそ詩人の眼だ!」とわけもなく深い感動を覚え、この先生を師と選んだ自らを誇りたい気持になるのであった。

そのころすでに長澤一作、田中子之吉など初期「歩道」のメンバーが周囲に集って、ガリ版の「歩道」が出ていた。先生を中心に十代後半から二十代前半そこそこのグループが出来ていて、意気軒昂、無類に熱心に短歌技術の練磨に明け暮れていた。思えば先生はまだ三十七、八歳であられたはずであるが、その侵し難い威厳と信念が、青年たちの渇仰の対象となった。

何しろ厳しかった。現在のような甘やかし教育は一切ない。「甘いな」「平俗だ」「まだ削れるな」など、冷水を浴びる思いで受けとめる評言に、今度こそは、の思いで必死に挑戦する。たった一字か二字を添削されるだけで、自らの歌が目のさめるような変身を遂げるのを、何度見たことか。

「短歌とは技術だ」ということばを何度も聴いた。後には「九十九パーセントは技術」と言われたようだが、私はこの耳にそのことばを聞いたことがない。のこりの一パーセント、おそらくは詩心、あるいは資質のようなものを踏まえての言葉の綾であろうが、初期には端的に「短歌とは技術」と言い切っておられた。要するに表現以前の問題に関しては、言わなくても当然理解しているのが前提だった。

私が先生の周りをうろうろしていたのは、ちょうど『立房』『帰潮』『地表』の創作時であり、「純粋短歌論」の構築時であり、『斎藤茂吉全集』（岩波書店）の編集時であったから、最も斬新な、水も滴るばかりの表現法とその歌論のいぶきを、直接浴びたことになろうか。今思っても非常な幸運といわなければならない。

その中で私は不遜にも、この天才の後を追って行く者の不幸にも気付いていた。どうあがいても、ただ必死に追随するだけでは、自らの創作圏の独自性は確立できないと、早くから悟らされていた。何とかして、ちがう表現法を見つけようと悪戦苦闘しているのを見て、佐藤先生はあるとき、

「こんな言い回しをしなくたって君、斎藤(茂吉)先生や僕が、こういう表現をしているじゃないか。それを使えばいい」

「でも、何とか別の言い方を」

「先達もそれぞれ苦労して表現を開発しているんだよ。君たちはそれを、有難く使わせてもらえばいいんだ。同じ苦心なら、それより先を開発する工夫をしたまえ」

このことばは、私の心に深く沁み入った。短歌の歴史は、こうして伝統に連なり、更に伝統の先端を切り拓いて行くべきものなのだと。

ちょうど『斎藤茂吉全集』の「手帳」の原稿起しを手伝っていた頃だった。その手帳は昭和十五年のもので、歌集『暁紅』の生まれる裏舞台を垣間見ることができた。永井ふさ子さんとの恋の最中で、残されたことばや消し跡から、苦しい激情が立ち上り、歌に成って行く過程を直接この眼で見た。これも佐藤先生から与えられた貴重な体験であったと思う。

その後、さまざまな経緯があって、私は二度に亘って破門状態になり、初期の仲間共々「忘恩の徒」と呼ばれる羽目に立ち到ったのは、知る人ぞ知る伝説になってしまったが、私自身としては、そして仲間の誰も、一時たりとも忘恩の時はなかった。唯一無二の師である。しかし、弟子とは厄介なものだ。弟子を破門しても、弟子は敬慕をやめないからである。「弟子に殺される」ということばがあるそうだが、佐藤先生もしばしば同じような実感を持たれたのではないか、と今にして恐縮しつつ思い到るのである。

一回目の準破門後、先生に作品を見て頂くことは無かったが、ほんとうに縁が切れたわけではなく、訪問も自由だったし、面白いことに街中でばったりお目にかかることが何度もあった。阿部静枝さんのご葬儀の帰途、バスに乗り合わせた時には、池袋でコーヒーをご馳走になった。その際、「好きな表現を求めるのは君の自由だ。しかし、五十歳になったら短歌に戻って来たまえ」と言われた。それがいつも心に在って、一旦門下に戻ったが、結局は「運河」創刊に加わって膝下を離れた。

娘が高校生の頃に、地下鉄で乗り合わせたこともあった。先生は座席から私共母子を見上げて見較べながら、

「君、幸せそうでよかったね。眼がよく似てる」

と言われた。処女歌集『さるびあ街』刊行の頃の、学生結婚に破れて離婚した私を思い起され

たのであろうか。当時悲観的になりがちだった私に対して、さり気なく、

「つらい事はいずれいい思い出になるよ」

「そうでしょうか」

不信感あらわに言い返す私に、語気を強めて、

「そりゃそうさ、君。つらいことや嫌なことを永久に忘れられなかったら、人間は生きて行けるか？　思い出にはいい所だけ残るものなんだ。人間て、そういうものなんだ」

このことばは、私を一気に納得させた。二十歳も年上の先輩の経験が言わせるのだから、そうに相違ない。この思いが私の未来を明るくした。結果として、やがて恋をし結婚をし子を得て、いま一人前の母親顔をしている私を見ての一言であっただろう。この厄介極まる女弟子を、いつもどこかで見守っていて下さった先生なのである。私は危うく涙ぐみそうになった。

今でも私は、短歌に関して判断に迷うとき、「佐藤先生だったら何と言われるだろう」と、幻の「詩人の眼」に問いかけることがある。ことばの厳しい訓練を受けたことが、私をずっと支え続けて来た、と実感することも多い。ことばの乱れ切ったこの時代に、何とかことばの原点に立ち還って、日本語の美しさについて考えたいと平成十三年「星座―歌とことば」を創刊したのも、幻の佐藤先生に問いかけてのちのことであった。


『佐藤佐太郎集』（岩波書店）第八巻・後記より再録

第一章　佐太郎秀歌私見

1　秀歌への道程

はじめに

昭和五十三年に岩波新書として刊行された佐藤佐太郎著『茂吉秀歌』上・下二巻は、茂吉短歌の真の味わいを知り、その価値を知るためには、欠かせないものである。私はそれ以前には、斎藤茂吉の偉大さを知ってはいても、巨船の周囲を泳ぐ魚に似て、その全貌を俯瞰することができずにいた。それまでは茂吉の作品の真価が、全くわからなかった。

現代の若い歌人たちにとっては、同じようなことが、佐藤佐太郎の作品についても言えるのではないか。私自身は十七歳の時に佐太郎門下に入り、かなり徹底的な指導の許にあったから、その初歩において、最も純粋な形で佐太郎短歌の目指す方向に直接触れてきたように思う。のちには佐太郎短歌に背反する形となった時期もあり、永く短歌界から離れたこともあったが、いま、佐太郎先生の歿年を優に超え、もはや周囲に遠慮する時ではない、という思いもあって、ここに「佐太郎秀歌私見」を書きはじめる決意をした。

佐藤佐太郎著『茂吉秀歌』は、三回に亘る連載の、永い時間を経て成ったものであり、到底、私が残生をすべて賭けても届かない、深い読み込みと評価がなされている。更に、『万葉秀歌』になぞらえて『茂吉秀歌』の名をつけたことを、その緒言に明記してある。斎藤茂吉の名著である『万葉秀歌』に準じたということは、すなわち佐太郎の自信の表われでもあったと思う。

私は当時まだ若く、いつかは同じ岩波新書で『佐太郎秀歌』を刊行できたら、と、僭越にも、ひそかに期する所があった。が、その後さまざまな事情もあって、永い間、執筆の自信も機会も持てずに過ぎてきた。しかし今、佐藤佐太郎の開拓してきた「純粋短歌」の精神と、そしてその作歌の「技術」を、後代に継いで行くべき義務がある、それは今である、と思っている。

技術ということ

「短歌とは、技術だよ、君」とは、佐藤先生に直接、また度々聴かされたことばである。その当時は、短歌はことばの芸術であるのだから、その〝芸〟の部分を磨け、といわれているように受けとっていた。しかし実際には、深い詩性を湛える器としての「詩型」の中で、なぜ「短歌」でなければならないか、を指していることを、今になって思い当るのである。

一部の門下同人に対しては、後には「九十九パーセントは技術」と語られたそうで、私の言い方が厳密でない、と批判されたこともあったが、私自身は、一度もそういう限定を持った発言を耳にしたことがない。のこりの一パーセントは何をさしていたのか。或は当然の前提として「詩精神」の質について言われたのかとも思う。が、しかしそれは、言わなくても当然、なければならない前提だろう。もう一つ言えるとすれば、天啓に似て突然訪れる偶然の時機に出会う、というようなことかもしれない。「ことばはエネルギー」だと私は思っているが、それを天から受け取るチャンスのようなもの、かとも思う。いずれにせよ、百パーセント技術、と言っているわけではないのである。

しかし、「技術」、あるいは「技《わざ》」とは何だろう。たとえば、伝統技術、技能のようなものを考えるとわかり易い。いわゆる名人といわれる人は、前代の技を継ぎ、自家薬籠中のものとした上で、さらに自らの境地を作り出す。ある程度まで、職人的技術は継いで行けるし、たとえ素人出身でも、年季を積めば相当の技は身につけることは可能だ。が、それから先、これは創造の能力に任せる他はない。それがたとえ反伝統の、おそろしくアバンギャルド的なものであっても、芯に伝統技術がどっしりと坐っていない限り、一種の徒花《あだばな》にしかなり得ないだろう。

佐太郎短歌自体、最終的には独自のスタイル、前人未踏の「技」を随処に見せつけるが、最初はやはり「伝統」から出発している。しかも佐太郎自身「私の歌は模倣」とはっきり言い放っている。ここに注目したい。誰でも出発は「学ぶ」すなわち「真似ぶ」「模倣」からはじまるのは当然だが、それから先の、ほんとうの意味の「表現」が、「創出」「創造」に到るまでの苦心は、言い難い修業を強いるものだ。「創作」の「創」は、「創る《つく》」とも読むが同時に「創《きず》」とも読む。傷だらけの修業をしても、それを人に見せず、涼しい顔で創造した作品だけを提出するのが、ほんとうの詩人というものだろう。

そのような秀れた詩精神を持つ佐藤佐太郎の作品の軌跡を、これから暫く辿ってみようというのである。かなりの勇気が要るのは覚悟の上だが、心して佐太郎の「技術」の軌跡を読み取り、徒やおろそかに「ことば」を選ばない真摯な態度を追ってみたいと思う。

『軽風』より

「佐太郎秀歌」を標榜するからには、いわゆる「秀歌」として名高い歌から筆を進めるべきなのかもしれないが、ここでは、そこに行きつくまでの道程を探りたいのと、『茂吉秀歌』の構成に範を求めて、初期篇である『軽風』の作品にまず触れて行きたい。

昼過ぎてまばゆく思ふ日の影は青羊歯の葉に透きとほりをり　　晩春首夏（昭3）

昭和三年夏の作。佐太郎は明治四十二年（一九〇九年）十一月十三日生まれであるから、十八歳の作である。岩波文庫の『佐藤佐太郎歌集』（平成三年）には外されているが『佐藤佐太郎自選歌抄』（昭和六十一年　角川書店）に収録されているので、おそらく佐太郎自身の中では残しておきたい一首であったかと思われる。
対象をすっと切り取った感じで無駄がなく、切れ味のよい自然詠なのだが、後年構築された「純粋短歌論」の中の「確かに見て、確かに言う」ことの精神がすでにはっきりよみとれるように思う。単に青羊歯《あおしだ》に日が差しているのではなく、午後はやい時間、日光を「眩しい」と感じる、時間の感覚がはっきり捉えられている。まことに「首夏」の光なのだ。

表通の石みちを壊す物音は昼すぎてより間近に聞こゆ　　盛夏（昭4）

昭和四年夏である。当時、岩波書店に勤めていた佐太郎は、神田神保町の、岩波の寄宿舎に住んでいた。小売部のすぐ裏である。「昼すぎてより」というのだから、午後の社屋の中か、あるいは寄宿舎の休日か。過敏な神経を持つ佐太郎はいわゆる〝神経衰弱〟にかかってしばしば休養を余儀なくされたというから、宿舎に一人の時間だったかもしれない。いずれにしても、表通から響いてくる、石みちを壊す音、なのである。表通に直接面している建物にいるのではないのだろう。表通とは神保町の十字路を形成する大通りで、当時はまだ石畳であったようにも思われる。私の記憶にある昭和十年代でも、神保町には当時路面電車の「市電」が走っていた。また、お茶の水の山の上ホテルの裏の坂、日比谷公園周囲の歩道は六〇年安保闘争の頃までは、確か赤煉瓦《あかれんが》の鋪道だった。ここで「石みち」といっている所をみると、石畳に市電、という頃のイメージが湧くのだが、それもリベットやショベルカーの時代より以前の、「石を壊す」音がはっきり浮かんでくる。朝から昼すぎ、工事は進行し、間近になってくる。それも裏通りにいて、表の建物をこえて伝わってくるのである。さりげなく言いながら的確な表現。それは佐太郎短歌の特質ともみえ、このような初期から、選ばれた最少の語を遺していく手法を摑んでいるのに気付く。そしてここにも「昼すぎ」という「時間」が据えられている。佐太郎短歌の特色を兼ね備えた一首として、改めて心にひびいてくる。

こみあへる夜の通を出はづれてものの響はうしほの如し　　街音（昭5）

昭和五年の作。当時の東京はまだ範囲が狭く、娯楽も少なかったから、夜の銀座通りや神田、浅草、神楽坂などは結構賑やかだった。銀座通りには夜店が並び、吊り電灯でなく、アセチレンガスの匂いがしていた。「こみあへる夜の通」から裏に入れば、そこはもう、夜の闇である。遠ざかりながら聴く人通りの喧噪を「うしほの如し」と捉えた感覚が、一種の皮膚感覚のように読者に伝わってくるだろう。幼時、茨城の平潟町《ひらがた》（現北茨城市）に育った作者には「長浜《ながはま》のところどころに波高き故里に来て心さびしゑ」（昭和四年）などの歌があり、「ものの響はうしほの如し」の下句が、単なる形容でなく、実質的な経験を踏まえていることを思わせる。それにしても、どこか沈潜した心の在り様と孤立感を感じさせるのは、初期から終生変らない佐太郎短歌の視線ともいえようか。

夜の床に心をどらしてものごとを虚構する我は年経てやまず　風景（昭6）

寡黙で必要以外のことは口にしない佐太郎の内面に、こうしたひとりの娯《たの》しさがあったのだろうことは、容易に想像できるのだが、ここで「虚構」といっていることに注目するのである。「アララギ」系では、作歌は「実体」に即すべき、という、まことに狭い「写生」の解釈が信奉されていたから、師である斎藤茂吉は自由を許しても、周囲がそれを許さない空気があったと思われる。結社というものは、時にそのように宗教的信仰に近い、精神的束縛の空気を醸すことがある。周囲が新人としての佐太郎を認めるようになるのは、もう少し後のことである。

同時に、浮世の勤めは、佐太郎にとっては苦しいものであったにちがいない。その時間から解放されて、夜の床で眠りを待つ間、自由放縦に想像力を羽搏《はばた》かせるよろこびは、当然、創作者としての根本的な資質を示しているだろう。「虚構」とは、想像力、イマジネーションの豊かさを指していると私は思う。それは詩人の体質にとって不可欠のものともいえる。

2　時代の中で

『軽風』の姿勢

前出の歌と同じ「風景」（昭和六年）の小題にくくられた一連のなかには、

日ざかりの街に出づれば太陽は避雷針の上にいたく小さし　（昭6）

の一首がある。東京駅の人群を歌った作の後に位置しているが、ここにはすでに後に確立されて行く声調の特色がはっきり見てとれる。一つは、上から末まで、しっかりと、しかも一気に詠み下して、句切れがなく、全く無駄がない。言うべきことを言い、余計なことをいわない。読者は都市の上の、おそらくは靄がかかったような夏空、そして建物の上に鋭く尖がる避雷針、その上にみえる太陽の思いがけない小ささを、一瞬に思い浮かべることができるだろう。

日ざかりの街、といえば強烈な日差しを感じるが、太陽を「いたく小さし」と感じるのは、太陽を直視できる、ということだ。というのは、その空は塵埃《じんあい》に、あるいは煤煙《ばいえん》によって霞んでいるにちがいない。そのことを説明しなくても、読者は当然のようにその景を眼前にすることなる。「いたく小さし」の一句には、昼の「日」の状態をまともに直視してしまった発見と感動が表現されている。当時の東京の、すでに濁った空を想像させるが、都市詠の先駆的な作品のひとつといっていいのかもしれない。昭和六年といえば、満州事変の起った年、金融不安の大きかった年でもあるが、いまこの作を読んでも全く古びた感じがない。

佐太郎は「詩の感動は意味なきものの意味にある」といい、「感動」とは、「透徹した直観力によつて感情の核心を見ること」であると言っているが、このような初期の作品を改めて読み込んでみると、たしかに、一般に写生的抒景歌と分類されそうな作品であっても、実は「歌は抒情詩」と言い切った佐太郎の基礎に触れた感覚を持つのである。「いたく小さし」の結句が、その語句以上に働いていることに気付く。なお、「出づれば」の「ば」は、文法上では接続詞であり、条件句になる。とくに已然形につく場合、条件・結果を表わすことになる。私は若い頃、しばしば「ば」を多用するな、と佐太郎の注意を受けたものだった。一首に句切れを作るまいと努力すると、つい使ってしまうという便利さがあった。その安易を戒められたのである。

前の歌を見てもわかるように、佐太郎の歌には規矩《きく》正しい息づかい、リズムがあり、これは師である斎藤茂吉の薫陶によるところも多いと思うのだが、作歌をはじめて七年目あたりになると、時々、思いがけぬ破調の歌に出会うことがある。

拳闘を見つつあるはづみにあぐる女の声は人なかにありて一人二人ならず　（昭7）

昭和七年の作で、現代でいう「ボクシング」が「拳闘」と称《よ》ばれていたころの、臨場感のにじむ作である。どう切ってよいかさだかではないが、じつに四十一音という破調になっている。そのほかにも同年の作でメーデーを歌った「街頭」の中に、

芝浦より列なし来たる女工等を見つつ組織大衆といふ言葉もそぐはず　（昭7）

がある。一首三十九音で成り立つ。

佐太郎の歌といえば格調正しい定型、と思われているが、こうした実験を経ながら形成された定型遵守の姿勢であったことも、忘れてはならないことの一つだと思う。

前の一首、ボクシングの歌では、当時ほとんど女性の観客のいなかった試合の空間にひびく女の声に敏感に反応している若い佐太郎の感覚が、一方で「一人二人ならず」と、実体を見極めているところが、いかにも作者らしいのである。「あるはずみにあぐる女の声」が妙に官能的に感じられるのだが、そのあとに「一人二人ならず」と冷静な観察眼に収めてしまうところが、私には興味深く思われる。

メーデーの一首では、近づく戦いの跫音《あしおと》の中で次第に尖鋭となりつつあった赤色闘争の勢い

と、それをやや醒めた視線で見ている佐太郎の「孤り《ひと》」を貫く姿勢とが重なって見えるだろう。戦後、一時期知識人を駆り立てた階級闘争や社会運動、短歌滅亡論に対する佐太郎の、揺るぎのない姿勢を、すでに垣間見る思いがする。

＊

『軽風』の刊行は昭和十七年七月であり、第一歌集『歩道』（昭和十五年九月初版）よりも後で刊行された、初期の作品集である。処女歌集『歩道』が、歌壇に大きな新風を吹き込んだ形で評判となったこともあって、「アララギ」入会の大正十五年から昭和八年の一部の作をまとめて刊行された。佐太郎自身は、『歩道』編集時には、これらの作を「すべて捨てる方鍼で顧みようとしなかつた」と『軽風』の「後記」に記している。しかし師の茂吉はこれらの初期の歌をもまとめるように薦めたのであった。その際に茂吉は「新しく出発するためには、旧いものを全部清算してしまはねばならぬ」とつよく言ったそうである。

誰にでもあることと思うが、最初に歌集を編む時には、習作期の作品は人目にさらしたくない気があるものだ。私自身の経験から言っても、第一歌集『さるびあ街』（昭和三十二年）を出したときには、習作期に当る八年間の作品の内、最初の四年間の作は捨て、続く四年間からの選抜の分量と、その後の一年一年との分量が同じ位の比率となった。佐太郎が『歩道』を自ら編纂して作品を世に問うた時の、初期作品を「捨てる」気概と覚悟とを、改めて実感するのである。

一見捨てた初期作品を世に出す際、師茂吉のすすめに応じた佐太郎は、折しも茂吉が還暦を迎える年である所から「私は拙い本集を先生の前に捧げ得る事を幸福とする」との献辞を記す。しかし一方、この初期作の稿を起すに当って「妻をして初期の旧作を筆写せしめて」と書かれているのにも注目する。むろんその後の選歌は厳しく行われているのだが、『歩道』を編んだ際のように、それ以前の作をすべて捨てて顧みない覚悟で臨む切迫感はやや少ないといってよいと思われる。

昭和八年の作を見る限り、『軽風』所載の二十首は、『歩道』巻頭の昭和八年の作品に比べて、いくらか秀作の少ない印象がある。

しかし、そのおかげで後進のわれわれは、『歩道』という秀れた歌集を世に出した青年歌人の、そこに到るまでの軌跡に、こうして直接触れることができるのである。『軽風』の存在理由は、思いの外に重い。

『歩道』の成立――昭和十五年という年――

『歩道』が刊行されたのは昭和十五年九月十五日。鎌田敬止《かまだけいし》の八雲書林からの出版であったが、当時日本はすでに戦時下にあり、用紙・製本・刊行についても現在からは想像のつかないほどの制約があった。鎌田のつよいすすめもあって出版に踏み切ったが、新風として非常な評価を以て迎えられ、同年十二月に第二刷、次いで十六年六月に八首の増補を加えて第三刷、翌十七年十一月には第四刷が増刷されるという、当時としても珍しい程の売れ行きをみせた。四刷の時点はすでに太平洋戦争勃発後である。終戦直後の昭和二十一年二月には新版が発行（角川書店版）されるなど、新進歌人として、歌壇以外にも多くの読者を獲得するのである。

ところで、この著の発行された昭和十五年という年は、さまざまな意味で特別に記憶されてよい年である。歌壇史の上からみると、斎藤茂吉の『寒雲』『暁紅』、会津八一『鹿鳴集』、土岐善麿『六月』、北原白秋『黒檜』などが刊行され、一方、『新風十人』の企画刊行された年でもある。当時の既成歌壇に対して、新風を吹き込もうという意図を以て、八雲書林の鎌田敬止が企画刊行した。筏井嘉一、加藤将之、五島美代子、斎藤史、佐藤佐太郎、館山一子、常見千香夫、坪野哲久、福田栄一、前川佐美雄の十人が自選の百数十首と短い文章を書き、装画は棟方志功であった。戦後も歌壇の中核となった人々である。

鎌田敬止は、大正末年に、超結社誌「日光」を発行、当時分立対立しがちであった歌壇に総合誌的な共通の場を作り、また、詩人、小説家、画家、俳人などの寄稿もあるという、開かれた歌誌を目指した人である。その時は日光社を名乗ったが、のち八雲書林を立ち上げ、新人の発掘に熱心であった。戦後は白玉書房を創立して多くの歌集を手がけた。歌壇を支えた黒幕の一人として、忘れてはならない名である。

「新風十人」を選んだ鎌田の視線は、確かに時代の先を読んでいた。そしてこの昭和十五年、その新風十人の中から、筏井嘉一『荒栲《あらたえ》』、坪野哲久『桜』、斎藤史『魚歌』、前川佐美雄『大和』、そして佐藤佐太郎『歩道』の五人が、歌集を相次いで刊行している。新風がいかに待たれていたかを看取できるだろう。当時、この中でも評価の特に高かったのが、『歩道』だったといわれる。ちなみに斎藤史の『魚歌』のモダニズムが高く評価されるようになるには、もう少し時間が必要だったようだ。

余談ではあるが、鎌田敬止氏には、昭和三十年代に何度かお会いしているが、白髪で痩せぎすの、温厚な紳士であった。私の処女歌集『さるびあ街』（松田さえこ）が日本歌人クラブの推薦歌集に選ばれた際、非常に熱心に歌集について話し込まれ、次の歌集を出すなら力を貸そうとも言われた。しかし、その頃の私には再びは歌集を出す気がなく、実際、女流五人（大西民子、尾崎左永子、北沢郁子、馬場あき子、山中智恵子）の書き下し歌集『彩』（昭和四十年）は別として、三十年もの間、個人歌集を出すことがなかった。が、その熱心で温和な話しぶりと説得力を、今でも鮮明に記憶している。新人発掘にいつも熱意を失わない人柄であったのだと思うのである。

改めて昭和十五年という年を考えてみると、折しも軍国主義、国家主義の最も昂揚していった時期であった。「皇国紀元二千六百年」の記念行事、国威発揚と称してさまざまなイベントに駆り出され、反対する者はみな「アカ」（共産主義者）の烙印を捺《お》されて、生命さえも奪われかねない雰囲気があった。出版への締め付け、検閲も徐々に強くなり、全く現代から見れば想像もつかない思想統制が一般化していた。怖ろしい時代であった。

こういう中で、「新風」が短歌界に順調に起ったことをふしぎに思うことがあるが、短歌界全体が旧い体質から抜け出そうとしていたこの時期、短歌界はむしろ恵まれた立場にあったのかもしれない。塚本邦雄が指摘したように、「短歌」は古くから天皇と共に伝わり、「御製」が大切にされて来た歴史があった。そのために、軍部からは手の出せない遠慮があったという推測も成り立つ。軍部の思想的圧迫は、短歌よりも俳句界に対して強く、下獄した作家たちも多かったと聞く。

『歩道』の「後記」（昭和十五年八月）に記された言葉の中に「現下の非常時局に際しては私の歌の如きは所詮閑文字に過ぎないであらう」とある。実際に昭和十五年という年の重味を考えないと、「閑文字」と端的に言い切ってなお作歌に全精神を打ち込んだ佐太郎の覚悟には触れ難いのではないか、と思うのである。

『歩道』より（Ⅰ）

第一歌集『歩道』の持つ魅力は、或は全く予備知識なしに触れるべきなのかもしれない。その作品を解説することは、むしろ鑑賞を限定してしまわないか、という危惧を持ってしまう。『軽風』の最後につづく昭和八年から作品は配列されているのだが、その一首一首は独立性を持っており、区切りを作ってまとめたのは便宜上、体裁をととのえたに過ぎない、と著者自身が述べている。

公園《こうえん》のくらがりを出でし白き犬土《いぬ》にするばかり低く歩きぬ　（昭8）

「浅草折々」の中にある一首で、『自選歌抄』（昭和六十一年）の最初に出てくる。浅草は茂吉や歌友と共に、或は一人で屢々《しばしば》遊んだ青春期のなじみの場所である。「公園」とは浅草公園だが、この語自体に都会性がある。電灯も少ない時代。しかしその周囲には当時さまざまな遊び場、繁華街のある場所でもある。「闇」といわずに「くらがり」という語を使っているところにも緻密な「ことば選び」を感じさせる。「白き」犬と限定していることで情景はさらにくっきりする。「黒き犬」でもなく「野良犬」でもない。属性の限定がいっそう下句の「土にするばかり低く」歩く姿がはっきりと印象づけられる。公園から出て来た所は、そこもここも鋪装された現今の道と異なって、まだ固く踏み固められた「土」である。犬はおそらく、土を舐めるほどに低い姿勢で、何かを嗅ぎ分けながら慎重に歩を進めているのだろう。深い警戒心と孤独の感じられる姿である。情景を切り取る作者の感覚が、情景以上に「生きる姿」を感じさせる「何か」を伝えてくる。

ここの屋上より隅田川が見え家屋《かをく》が見え鋪道《ほだう》がその右に見ゆ　（昭8）

情景を切り取っているのに、それ以上の「何か」を伝えてくる、という点では、この歌は怖いほどの手練をみせる。同じ「浅草折々」の中に、

地下室の水槽《すゐさう》にすむ赤き魚《うを》ゆふぐれにして動かず居りぬ　（昭8）
昨夜《きぞのよ》に泥づきし靴《くつ》もまづしくてデパアトの屋上《をくじやう》にをりし一時《ひととき》　（同）

がある。とすればおそらく浅草のデパート、松屋の屋上であろうが、じつに素気なく描写しているように見えて、俯瞰する街の一角の姿を一太刀で切り取っている。「都市詠の先駆」といわれる所以でもある。説明しているようでいながら、一向に説明的でないのである。無機質な風景。人のぬくみをとり除いた風景。直線的な線で構成された都市の、その素気なさと、描写の素気なさが、みごとに一致している。人の動き、人の心の動きなど、ここでは全く不要なのだ。見えるものを並列していきなり「その右に」などと具体が出てくるからいっそう、読者と

しては作者の視線に同化してしまう。

前作の「公園」にしてもそうだが、「地下室」「水槽」「デパアト」「屋上」などの語彙の選択は、当時としては斬新であったにちがいないし、都市生活者の実感そのものが、素材として新鮮であった時代とは思うが、それ以上に「切り取り」の技法に独特な味があるのに気付く。例えば、地下の水槽にいる赤い魚、すなわち電灯の光にさらされている魚なのに、なぜ「ゆふぐれ」を感受して「動かず」にいるのか。デパートの屋上で無為に時を過ごす作者の「泥づきし靴」は、「昨夜」にどこの泥道を踏んでいたのか。なぜ「まづしくて」といっているのか。読者は個々に想像を膨らませていく。あるいは屋上の冷たいベンチに腰かけて、両足を前に投げ出していたろうか。青年の心の寂寥がじわじわと伝わってくる。そしてそこに、後に佐太郎がしきりに弟子たちに説いた「ものを見る」という語の原点に触れる思いがする。

「見る」(観る)ということ

佐太郎が育って来た短歌の温床は、いうまでもなく「アララギ」における「写生」の説である。とはいえ、同じ「アララギ」の中でも、島木赤彦の写生でもなく、土屋文明の写生でもない。一筋に斎藤茂吉の「写生」である。茂吉は「短歌写生の説」で、「写生」の語を写実と区別して、「実相に観入して自然・自己一元の生を写す。これが短歌上の写生である」と言い、一般に「見たまま、あるがままを写す」と受け取られがちな「写生」を戒めた。単に風景を切り取って描いてみても、卓越した風景画になりはしない。短歌の上でも同じことだ。「観る」とは、作歌上大切な基本だが、後に佐太郎はこれを「直観」という語で説明し、「ものの本質に迫る」といい「発見」であるとも述べている。更には「詩の実質である感動、生のリズムの核心は、一つの直観像」とも言っている。対象をしっかり「見る」ことからはじまって、「純粋短歌論」に到るまでの道程の入り口にして、佐太郎はすでに「ものの本質に迫」り、「天の啓示」をうけて「生の輝ける瞬間」を享受する術《すべ》を、自然に体得していたのであろう。天賦の才というべきである。

3　表現は進化する

「歩道」と「鋪道」

『歩道』という題名の語感には、とくに情感があるわけでもなく、むしろ無機質である。しかし、都市生活者の哀歓を歌うには、まことにすぐれた舞台であるともいえる。現代と異って昭和十五年刊行の『歩道』は、その語感においてすでに限りなく斬新であったと思われる。

鋪道《ほだう》には何も通らぬひとときが折々ありぬ硝子戸《がらすど》のそと　（昭11）

沈黙のまま窓を見ている作者がそこにいる。この場合、わざわざ「鋪道」といっているからには、街中の窓であり、勤務先ではなく、あるいは神保町近辺の珈琲店などを思い浮かべていいのかもしれない。読者の想像は自由である。しかし、窓の外を人が、あるいは何かが過《よぎ》った、というのではなく、「何も通らぬひととき」を捉えた感覚に目を覚まされる。「折々ありぬ」というのだから、通常は、ガラス戸の外を横切るものがかなり多く存在するのである。それも鋪道のある街、とすれば、電車が通るかもしれない。人が通るかもしれない。神保町には救世軍本部があったから、プカプカ金管を吹き鳴らす軍楽隊が通ったかもしれない。が、気づいてみると、時々、空白がある。それは音の空白であり、存在の空白、そして時の流れの中の空白でもある。

「空白」の発見。そこに佐太郎独自の新しい境地があるだろう。

この歌集名『歩道』ということばは、音感としても乾いた語感をもつが、よく読み込んでみると、この歌集で「歩道」の漢字を使った作は三つしかない。

飾窓《ウインド》の紅《あか》き花らは気《いき》ごもり夜《よる》の歩道のゆきずりに見ゆ　（昭12）
雨ふりて歩道のうへに黄に散りし落葉《おちば》をふむは今日《けふ》ひと日のみ　（昭11）
雪解《ゆきどけ》の水たまりある歩道にてみづにかすかの塵《ちり》うごきをり　（昭14）

一首目は昭和十二年早春の頃の作である。冬から春へ、夜のガラス戸越しの花舗の様子であり、「夜の歩道」もそのまま読者の共感を呼ぶ。しかしこの例を除いて、数多く出てくるのは「鋪道」である。最初は前出の、

ここの屋上より隅田川が見え家屋《かをく》が見え鋪道《ほだう》がその右に見ゆ　（昭8）

であり、「鋪道には何も通らぬ折々」（昭和十一年）であり、

鋪道にはいたく亀裂《きれつ》があるかなと寒《かん》あけごろのゆふべ帰路《かへりぢ》　（昭14）
槻《つき》の木《き》のむかうに広き鋪道ありとめどなく夜の雨ふりながら　（同）

など、作例は枚挙に遑《いとま》がない。歌集『歩道』を改めて調べてみると、「鋪道」の語を使った作は、昭和八、九、十の三年間に一首ずつ、昭和十一年三首、十二、十三、十四の三年間は五首ずつ、昭和十五年七首、計二十八首にのぼる。それほど作者の生活圏内において「鋪道」が親しい存在であり、日常的背景であったことを示している。

それにしても、題名を「鋪道」でなく「歩道」としたのは何の故だったのか。「歩道」の字を用いた三首の歌は、佳詠ではあっても代表作とは言い難い。またアスファルトの「鋪装路」を「鋪道」と表現したのはおそらく佐太郎が最初だと思われるのだが、他にも「鋪装せる坂」などの表現もしており、「歩道」と「鋪道」を区別しているようにみえる。結果としては、同音の鋪道のイメージを含めて、読み易い「歩道」に括ったのかとも思われるのだが、さだかではない。

また、現在では「舗道」と書く例が多くなっているが、本来「鋪」は「店舗」「茶舗」など、「みせ」の意であり、「鋪」すなわち「金《かね》」偏の字は、「鋪《し》く」とよみ、鋪装であって、漢字漢文に詳しい佐太郎は「鋪」を使い、門下にも「舗道」と書くことを許さなかった。

「泥のごとしも」

『歩道』の中で、とくに現代でも多くの人々に愛唱されている作に、

電車《でんしや》にて酒店《しゆてん》加六《かろく》に行きしかどそれより後は泥《どろ》のごとしも　（昭11）

の一首がある。結社や流派を超えて、現代歌人たちが何かにつけて、とくに酒席のあとなどに誰ともなく口をついて歌い、人々も思わず唱和してしまう、という歌である。どこがどう魅力的なのか。内容なのか、調べなのか、心情なのか、これを分析し解釈してみても、何の真も摑み得ないという、ふしぎな歌であり、代表歌の一つにもなっている。

電車で行った、ということは、勤め帰りの行きずり、あるいは地元のなじみの酒舗ではなく、わざわざ電車に乗って、その店に行きたくて行ったのである。「酒店加六」という音感がまた、贅沢な店ではなく、飲み屋であることを思わせる。「それより後は」という、時の移りを示すのびやかな語調のあとに「泥のごとしも」と詠んでいるのだから、読者は否も応もなくその雰囲気にひき込まれてしまう。「酒店」という音感が「酒呑童子」に重なるのも、偶然ではあるにしても、読者への訴えかけは無類に強い。

ちなみに『互評自註歌集　歩道』によれば、この「加六」は銀座の飲み屋で、「菊正宗の上

等なのを」飲ませたが、「店の隅に専門に酒の燗をする老婦人が居り、徳利の中に杉か檜の箸を立ててゐたが、或ひはさうして香を附けたのかもしれない」とある。が、註がなくても十分わかる一首である。

「泥のごとしも」が、「泥酔」にも関わっているのだろうとは、後になって気付いたことだが、こう表現されてしまうと、これ以外の表現はない、とさえ思ってしまう。

「ごとし」という直喩表現は、佐太郎作品には数多いが、そして佐太郎作品に反対する人々は「何でも〝ごとし〟なんだ」などと貶めていうことがある。しかし、佐太郎の「ごとし」には定評があり、折々目のさめるような直喩を用いることがあった。

　みづからの光のごとき明るさをささげて咲けりくれなゐの薔薇《ばら》　（昭23・『帰潮』）

などがそれである。

また一方で、身近《みぢか》にいた門下に対しては、厳しくこれを戒めた。「ごとしはできるだけ使うな」と度々指摘されるので、若い頃の私は「ごとし」の語がいけないのかと浅く受け取って、「に似て」とか「やうに」とか、今考えればまことに表面的な工夫をするに留《とど》まっていた。ところがあるとき、編集所の机で対《む》き合っている時に佐太郎は独り言のように、「しかし、何だな、〝ごとし〟は極意のようなものだな」と洩らしたのである。このとき私ははじめて「ごとし」

を戒めたのは、直喩の「技術」についてであったことに気付かされた。

直喩は、単なる「言い換え」の技術であっては何にもならないのである。それも、ありふれた形、誰もが知っているような譬えであったとしたら、俗臭芬々《ふんぷん》、平俗なものになってしまう。「ごとし」による比喩表現は、そこに独自の「新しい発見」と工夫がなければならない、と佐太郎は示唆したのだと思う。私はその時、一気に血の気が引き、眼の前がさっと開けたような気がしたのを、今も鮮明に記憶している。

この佐太郎の「ごとし」は、老年期に入るとむしろ少なくなり、「ごとし」といわずに直接形容する形がふえていくようにみえる。が、それでもなお、

灯の暗き昼のホテルに憩ひゐる一時あづけの荷物のごとく　（昭51・『天眼』）
おのづから星宿移りゐるごとき壮観はわがほとりにも見ゆ　（昭56・『星宿』）

など、独特の「ごとし」がのこされている。

ところで、この「泥のごとしも」以前にも、同じく「泥のごとし」の比喩が用いられた作がある。


日曜の雨ふる街に出で来り泥《どろ》のごとしとわれを嘆きつ　（昭9・『歩道』）

同じく都市生活者の歎きを歌った一首である。この形容は、酒の酔いとは関わりなさそうである。むしろ存在理由を確信しかねたようなたよりなさ、清明の心境から遠い、青年の心象を表わしているようにみえる。しかし昭和九年の「泥のごとし」と、昭和十一年の「泥のごとしも」との間の進化に、改めて注目させられる。注意してみると、佐藤佐太郎は、同じ素材、同じことばを、くり返して使っている。にもかかわらず、そのことばの表現するものが、刻一刻、止まることなく進化していく。その作歌姿勢はむしろ修道者のように一途であり、迷いがない。

進化、そして深化

「継続は力なり」とは、短歌を作る者にとっては、しばしば実感されることばだが、単に自覚なく継続するのと異って、佐太郎の場合は、確実無比にその境地を深めて行く。
たとえば、よく現われる素材のひとつに「貨車」がある。

連結《れんけつ》をはなれし貨車《くわしや》がやすやすと走りつつ行く線路の上を　（昭10・『歩道』）
冬日《ふゆひ》てる街あゆみ来て思ひがけずわが視野《しや》のなかに黒き貨車《くわしや》あり　（昭11・同）

おそらく当時の貨物駅、新橋近くにあった国鉄の汐留駅あたりの風景かと思ったが、実際には新宿の貨物駅であったようだ。動力を持たない貨車が一両、突き放されて線路を走る情景、また冬の眩しく白い日光の中、ふいに視野に入ってくる重く黒い貨車の存在。いずれも当時の鉄道の雰囲気を鮮やかに切り取っている。そしてその把握は後に、

連結を終りし貨車はつぎつぎに伝はりてゆく連結の音　（昭22・『帰潮』）

の一首に昇華するのである。

現在ではもう、鉄道の操車場の様子を眼近《まぢか》に観察する場も失われてしまったが、戦後ようやく敗戦から立ち直ったころの風景として、鉄道、とくに貨車の魅力には格別なものがあった。この歌では「連結」という語を重ねて使っていながら、その音がきこえて来るような、実像が目に見えるような臨場感があり、緊張感がある。

この三首を並べてみると、同じ素材を扱いながら、たしかに内容の把握と表現に、力量の進化、充実があるように見える。

「泥のごとし」の場合もそうだが、佐太郎の短歌には、たしかな〝進化〟がある。このことは、作歌者としては見逃し難い重要なポイントの一つではないかと私は思っている。

たとえば塚本邦雄は、全く方向の異る佐太郎の作品の、良き理解者の一人であったが、後年、塚本は自らの作品について、「自己模倣」であると公言して憚《はばか》らなかった。しかし佐太郎の場合、同じ素材、同じ語を用いても、常にそこには読者の目を瞠《みは》らせる「進化」がある。

おそらく、塚本のことば自体は、自らの開拓した詩の構築法の、一種の「完成」を意味していたのだと思うのだが、佐太郎の場合、決して「完成」を自らに許さないところがあったように思う。

「貨車」以外にも、このような進化の例は数多い。たとえば「マンホール」がある。

街ゆけばところどころに光るもの鋪道のうへのマンホールなど　（昭21・『立房』）

敗戦後間もない頃の作で、焼野原《やけのはら》から少しずつ、東京が「街」の姿をとり戻しはじめたころである。戦時は鉄製品はすべて戦争のために供出されたから、コンクリート製のものが多かったが、戦後復興のためにいち早く街路上のマンホールの蓋が取り換えられたのだったと思う。だから「光る」のである。そのころまで「マンホール」などを歌材とする人も少なかったので、当時から脳裏に残った作であったが、後になって、

街ゆけばマンホールなど不安なるものの光をいくたびも踏む　（昭50・『天眼』）

の作に出会った。「街ゆけば」「マンホールなど」の句が同じく用いられているにもかかわらず、そこには「不安なるものの光」を踏む、という「新しい発見」、というより「心象表現」が独特の視点を生み、たしかに進化している。「進化」というより「深化」というべきなのかもし

れない。約三十年を経て、同じ素材が、さらに深いかがやきを帯びて表現されている。こうしたところに、佐藤佐太郎の真価があるのではないかと思うのである。

『歩道』より（Ⅱ）

歌集『歩道』には、寡黙な作者が、眼を凝らしてじっと対象を見つめている感じの作が多いが、その声調には次第に磨きがかかり、ただ読み易いというだけではない、撓《たわ》みを持ったなめらかさを獲得して行く。

山茶花《さざんくわ》は光ともしきに花さきぬ人のこほしき紅《あけ》にあらなく　（昭13）
おもおもと夕雲《ゆふぐも》とぢて坂道をくだり来ぬれば家に到りぬ　（同）

口の重いのは佐太郎の資質でもあって、最初入門した少女時代には、一対一で面と向かったとき、いつ終るかわからない沈黙に耐えるのは、結構つらいものがあった。が、馴れてしまうと、それは単に口の重さというより、沈思黙考に近いもので、軽々しくはことばに出さないところがあった。その沈黙を前にじっと坐っている修業は、のちに文筆の仕事に携わるようになってからの私にとっては、非常に有益なものだった。誰に会っても、あまり動じないでいられる訓練にもなったのである。

ところで、この頃の作には、完了助動詞の「ぬ」がかなり頻繁に用いられている。「ぬ」音は、ナ行音の中でも母音「ウ」を伴っているだけに、内向的な、いわば余り広がらない感触のある音韻であり、同じ「完了形」であっても、「り」の切れのよさや、「つ」の意思的な切れ味とは別の、やや内に籠る音韻である。しかし、それだけに「温かさ」を保つ音でもある。それが声調のなめらかさを軽くしない。じわりと重いのである。

「光ともしきに花さきぬ」「くだり来ぬれば家に到りぬ」の切れ目の扱いは、快い重みとともに気持よく心に伝わってくる。声調が読者をおちつかせるところがある。

そして少女期の私にとって最も心に響いて来たのが次の一首だった。

とどまらぬ時としおもひ過去《すぎゆき》は音なき谷に似つつ悲しむ　（昭15）

後年の作にまで通じて行く「時の流れ」の感覚は、ここにも鮮明に表われている。過ぎ去って行ったすべての事物、感情を含めて、「過去」を「すぎゆき」とやわらかく訓《よ》ませながら、それを「音なき谷」に喩えている表現法に特色がある。

或る意味では怖い歌である。ここでは「ごとし」は用いられていないが、「似つつ」によって、この直喩は、つよい生の実感として迫ってくる。一見観念的に見えるかもしれないが、「生の歎き」と佐太郎の言った感覚的な把握は、必ずしも「具体」を踏まなくても、「実体」を捉えることによって成り立つ、ということを示唆しているように思う。

4 憂愁と抑圧と

『歩道』の憂愁

佐藤佐太郎の歌を読んでいると、人間としてほとんど息苦しくなるほどの自己追求と、対象へのあくなき凝視がある。一見アララギ風な堅実な写生歌、よく整った、律調のすぐれた歌、と見えるのだが、どこか、人には触れさせない矜恃を心に保っているような、刃の光のような味がある。当時、歌集『歩道』を読んだ人々が、今までにない味わいを感じ取り、一般の人にも読まれて版を重ねた理由は、単に今までの短歌作者にない「都市詠」を作ったことや、茂吉に心酔しながら、茂吉の混沌《カオス》の世界とは全く異る清新な歌風が評価された、ということの他に、この侵し難い強い光を感じた読者が多かったからであろう。

ひとときの憩《いこひ》のごとく黒豹《くろへう》が高き鉄梁《てつりやう》のうへに居りけり　（昭12）
倉庫にて鉄の空鑵《あきくわん》切る音がくらきそのなかに反響《こだま》してをり　（同）
夢にくる悦楽すらや現実に在る程度にてやがて目覚むる　（昭13）

一首目は「獣園」の小題の中にあり、上野動物園での作。二首目は「深川」一連の中にある。いずれも余剰を削り落として無駄がなく、しかも的確な表現と揺るぎのない律調がある。三首目はこの時期には珍しく観念的な感受なのだが、一見放り出したような歌調の内に、緻密な構築が窺える。

これらの歌を含めて、『歩道』から感受できる佐藤佐太郎の像は、つねに孤独であり、悲劇的なものを内包しているように見える。

「私はもともと孤独を好む一面と孤独に耐へられない一面とがあつて、それを調節してくれたのが、酒と短歌であつた」（自註）

とは、佐太郎自身の言葉である。佐太郎に女の影がほとんど無い、とはよく言われることだが、

何か物に凭《もた》るるさまに現身《うつしみ》のわれを居らしむをとめごの声　（昭12）
隣室《りんしつ》にむつみて語る声きこえときに身近《みぢか》くひびくたまゆら　（同）

などを見ても、女に無関心というわけではない。ただ、『歩道』全体を包んでいるやや物憂い孤独感は、昭和十三年、結婚してのちも変ることがなかった。

平成二十一年逝去された志満夫人は東京女子大の出身だが、後輩に当る私が耳にしたところでは、当時女子大に短歌サークルがあり、佐太郎はその指導に当っていた。佐太郎は背が高く

堂々とした体軀で、無口で無愛想であったが、髪にややカールがかかり、黒眼がちの瞳が非常にきれいな人であったから、女子学生たちになかなかの人気があったそうである。そこで志満夫人と、もう一人の学生との恋の競い合いがあって、結局志満夫人が射止めたと聞いている。もう一人の学生とは、今ならもう明かしていいのだろうが、天文学者の関口鯉吉《せきぐちりきち》博士の令嬢だった。後々まで歌誌「歩道」の重鎮として活躍、歌も非常に巧みだったが、体が弱く、当時はとても結婚には無理な状態だったとは、二人の周囲から聞いた話である。

妻がゐて食器《しよくき》の音をたつるとき目覚《めざ》むる吾や心さびしく　（昭13）
たまきはる内《うち》に構《かま》ふるものありて妻なげかしめしこの一年《ひととせ》よ　（昭14）
机にてまどろむ時にうらがなしく妻もたざりしころのおもかげ　（同）

結婚しても、佐太郎の孤独感は消えないのである。誰と結婚しようと変わるすべも無かったであろう。この満たすすべのない孤独感と憂愁は、つねに佐太郎の作品に揺曳する。これはほとんど性癖ともいうべきもので、だからこそ独特の秀歌が生まれるのである。
佐太郎は目の前に人がいても、ふっと心を遠くに飛ばしたような、ふしぎな眼差しを見せることがあった。突然、自分だけの世界に入ってしまうのである。それは自己閉鎖的なものではなく、想念を遥か天空に遊ばせるような、独特の眼差しである。私はそれを「詩人の眼」と呼んで、こういう純粋な詩人の弟子となったことを誇りに思っていた。

繊細な神経を持つ歌人佐太郎にとっては、志満夫人のような、いわば線の太い、男性的な妻でなければ、到底家庭を支え切れなかったにちがいない。実際、夫人は苦労を乗り切った。『歩道』一巻に紛れなく漂うのは、例えば佐藤春夫のいわゆる「都会の憂鬱」とは異質の「孤独の憂愁」ともいうべきものだったろう、と思うのである。単なる都市生活者の憂愁とはちがっていたのだ。

編集者の風貌

些細なことかもしれないが、この稿が単に秀歌鑑賞に終らないようにという意図もあって、案外知られていない若いころの佐藤佐太郎の実像について、多少記述しておきたいと思う。

例えば、当時岩波書店の社員といえば、多くの学術書や啓蒙的な岩波文庫を刊行し、知識人たちの間では絶対的な信用を得ていた。学歴のない佐太郎が岩波書店に入社したのは、いわゆる書店の小僧として入ったのだ、というのが通説のようであるが、私の知る限りでは、入社時はともかく、昭和十五年頃には既に編集者としての顔を持っていたのはたしかである。

その証拠の一端として、私には作家円地文子氏から直接聞いた話がある。この件については『源氏花がたみ』(東京書籍　平成二年)にエッセイとして書いたので、ここでは簡単に述べておく。

昔、円地文子さんが『源氏物語』の女君たちについて、婦人雑誌で女流作家たちとの連続対談を行った際、私も対談相手の一人として選ばれたことがある。一九八〇年代の初めの頃だったと思うが、円地さんは会うや否や、対談をはじめる前に、いきなり、「あなた、歌よみびとなんでしょ?」と訊ね、つづいて「佐藤佐太郎さんのお弟子さんですって?」と聞いて来られた。私自身はそのころ短歌から遠去かっており、佐太郎門から破門状態(もっとも、佐藤先生から破門を言い渡されたことはない)にあったから、そのことを告げると、円地さんは堰《せき》を切ったように、佐太郎への不満を一気にぶちまけたのである。昭和十五、六年の頃のこと。円地さんははじめての本を世に出そうとして、岩波茂雄さんに依頼、その指示によって、担当責任者としてやって来たのが、佐藤佐太郎だった。

「それがねえ、ひどいもんなのよ。ふん、て感じで」

「なぜでしょう」

「なんだ、有閑マダムがつまんないものを本にする気か、っていうんでしょうよ。全然ばかにしてるの。そりゃ、佐藤さんは歌人として売り出し中で、鼻息荒かったのよ。私ね、あんまり腹が立ったから、岩波さんにいいつけたわよ。編集者替えてくれって。でも、その次来た時は、そりゃ丁寧になってた。でもね。今でも癪にさわってるの」

円地さんは国語学者の上田万年博士令嬢で東京日日新聞の円地与四松夫人という恵まれた環境にあった。それに東京浅草生まれの江戸ッ子。無口でお世辞やものやわらかな会話の苦手な東北気質の佐太郎とは、たしかに、出会いに軋みが生まれてもおかしくはない。四十年も前の不愉快な一齣《ひとこま》を鮮明に覚えている円地さんも、私に向かってぽんぽん不満を吐き出したことで、せいせいしたようであった。

一方、佐太郎が特別、円地さんを粗末に扱ったとも、私には思われない。不愛想なのは生まれつきのようなもので、円地さんに対して特に失礼な態度をとったとは思われないのである。ただ、昭和十五年に『歩道』が出て、光の当っている時期だったことも事実である。が、「鼻息荒かった」のは、円地さんの思い過ごしで、恐縮の姿勢など、はじめから佐太郎に求めるのは無理な話であろう。

しかし、この話によって、佐太郎が昭和十五、六年頃には「編集者」となっていたことは確かである。この時、円地さんは「はじめて作品を世に出そう」と思った時、と話されたが、調べてみると、戯曲集などは別として、はじめての書き下ろしの小説は、昭和十五年末に中央公論社から出ているようで、岩波から何を出そうとしたのか、さだかではない。佐太郎が編集者として最初何を出したのかもわからない。しかし、後に「永言社」を起し、また「青磁社」に関わったことなどを思い合わせれば、そこに岩波時代の編集者佐藤佐太郎の貌の一端は鮮明に浮かび上がってくる。
編集者としての眼が、佐太郎の「視線」を養ったであろうことも推測できると思う。

『しろたへ』の世界（I）

第三歌集『しろたへ』の出たのは、昭和十九年十月、太平洋戦争も次第に烈しさを増すころであった。

一年前の十八年十月二十一日には、理工系以外の大学、高専の学生たちが動員され、いわゆる「学徒出陣」の式典が、神宮外苑の陸上競技場で行われた。冷たい雨の降りしきる中、学生服にゲートルを巻き訓練用の銃を抱いた何千人という大学生たちが粛々と行進する。それを見送るために、東京の女学生たちが動員されて、そのスタンドを埋めていた。その中に私もいた。誰もが、このまま出陣したら、ほとんど生きて帰れないことを知っている。見送る女学生たちの兄や従兄《いとこ》たちも、学徒の中にいる。みんな悲愴だった。

なまやさしい時代ではなかった。戦争に対して反対する気持を持つだけで、国賊と呼ばれ、収監されかねない怖ろしい時代であった。女学生も軍需工場に徴用された。

私は女学校を一年スキップして、昭和十九年に東京女子大に入学した。西荻窪から学校まで、二十分余の徒歩の間に本屋があって、詩歌の本を多く置いていた。その通学の途次、手に入れた本の一冊が『しろたへ』であった。真白な和紙風の表紙に、臙脂色《えんじいろ》で『しろたへ』と書かれた、文庫本大の簡素な歌集であった。

地下道を人群れてゆくおのおのは夕《ゆふべ》の雪にぬれし人の香　（昭16）
わたくしの飲食《おんじき》ゆゑにたまきはる内にしのびて明日さへ居らめ　（同）
をさな子は驚きやすく吾がをればわれに走りて縋《すが》る時あり　（同）

「地下道」はやはり都市独特の風景であるが、そこに夕べ群れて行く人々が、雪にぬれて「人の香」を放っている、という視点には一つの新鮮な発見がある。「人の香」という、短いが的確な表現によって把《とら》えられたものは、どこかなつかしさのある、人間的な温かさであるが、同時に「雪にぬれし」という観察と把握の故に、どこかもの悲しい人間の匂いを思わせる。

二首目「わたくしの飲食」とは何か。ふつうなら「日常の生活」とか「食べるため」とか表面的に捉えかねない生活詠的な心情である。生活のためには忍び難きを忍んで明日という未来を過ごすのだろう、というのであろうが、「明日さへ」とは、思いのままに拓くであろう未来をさえ信じ難い、忍ばねばならぬ自らに言いきかせている語気がある。むろん「私」は「公」に対する語であって、当時の軍部の体制に対する口数少ない反抗の語ととれなくはない。しかし佐太郎自身の気風からいって、これは日毎日毎、じっと耐えることの多かった職場などでの、我慢の一首、内なる諦めの心であろうかと思う。「たまきはる」の枕詞があるために、内なる怒りや諦めへの苦しさが、むしろ清められている感がある。

三首目。「をさな子」の歌は他にも多いが、長女の肇子さんは非常に繊細な感性を受けついでいただけに、「驚きやすく」の一語にこめられた実感は、私にはとくに同感できるところがある。

こうした中で私が当時最も心ひかれた一首に、

白椿あふるるばかり豊かにて朝まだきより花あきらけし　（昭17）

がある。日毎に戦争の圧迫が増してくる中で出会ったこの一首は、日ごろの目に見えない心の鬱屈を一気にとり払う効果をもっていた。少女期にあった私の心に、じつにすがすがしく、純粋な「詩」の持つ雰囲気を吹き込んで来た。むろん、それがなぜなのか、当時の私に解るはずもない。

そのあとすぐに第一歌集『歩道』を手に入れた。その中で、前述の「とどまらぬ時としおもひ過去《すぎゆき》は音なき谷に似つつ悲しむ」の歌に出会ったとき、これは師と仰ぐべき人、と思ったのであった。こうした出会いは誰にもあるのだろうが、戦時の暗く重い日々の中で、十代の私が佐太郎作品に触れたことが、のちのちまで私の作歌に影響したことを、今も鮮烈な記憶として心に抱いている。

戦時を知らない人に、戦争のことを心に感じよと言っても無理なことだ。しかし、敗戦後今に到るまで、戦時下の歌を戦争協力者の歌として批判にさらして来た戦後の歌壇的風潮を、そのまま受け入れることに、私は反対である。同時に「思想」という一括りの中に、「感性」を基とする短歌を置くことにも疑問を抱くのである。『しろたへ』にも戦争詠は多い。

5　反転世界の暗示

『しろたへ』の世界（Ⅱ）

今ここで「戦時詠」について私の所感を述べるつもりはないが、戦中戦後に青春時代を送った私にとって、戦時詠を抹殺する、あるいは罪悪感を以て云々する評論家たちの姿勢には、どこか同調できないところがある。

戦後、戦犯探しの大きなうねりの中で、短歌は格好の標的となった。戦争讃歌を作ったということで最も矢面に立たされたのは斎藤茂吉であった。更に「第二芸術論」の波が激しく短歌界を襲った。第二次世界大戦の終戦は、明治維新の際と同じように、一種の文化革命をひき起したが、その中でとくに「短歌」は、古いものの代表のように名指しされ、攻撃された面があった。

『しろたへ』についての評論や解説を見ると、わざと戦争詠について触れるのを避けてあったり、「戦中で仕方のないことだが、瑕瑾《かきん》をみとめざるを得ない」と結論づけるなど、戦後の日本人の価値観で切り捨てられている場合が多く見受けられる。しかし、戦後七十年近くを経過した昨今、それなりの評価はされるべきだと思うし、斎藤茂吉の戦時詠を集めた歌集『萬軍《ばんぐん》』も再評価されていいのではないかと、私は思っている。

みちのくの低群山《ひくむらやま》の入野《いりの》にて家居が見ゆるわれのふるさと　（昭15）
泣きながら負はれていでし幼子は背《せな》にねむりて帰り来るべし　（同）
さわがしく夕の光さす部屋をわれは知りつつ廊下をとほる　（昭16）
夕光《ゆふかげ》にあからさまなる木蓮の花びら厚し風たえしかば　（同）

こう並べてみると、やはり佐太郎の本貫ともいうべき立脚地は、家常であり自然であり、心情であって、あくまで「われ」の視線が原点となっているのは確かである。

昭和十六年の終り、十二月八日の開戦以来、俄《にわか》に戦時詠がふえ、海戦（昭16）、撃沈、シンガポール没落、落下傘部隊（昭17）、アッツ島忠魂、山本元帥国葬、学徒出陣（昭18）と、当時の戦況の推移をほとんど辿ることができる作品群が目立つ。その中に、

万年筆のごとき形の焼夷弾を落しゆきたりと見し人いひぬ　（昭17）
コレヒドール島砲撃に幾条ものポプラの木の如き炸裂　（同）
探照燈の幅ある光ひと時にほしいままのごと空に横たふ　（昭18）

など、いずれも後に佐太郎の代表的技法のひとつとなる直喩の活きた作が混じっていることにも目をひかれる。

『しろたへ』は昭和十八年中の歌までで終り、最後に据えられたのは、

充ち足らへる人のたもたむ幸《さち》といへど心畏れなき人もたもたむ　（昭18）

の一首である。佐太郎はその「後記」の終りにこの歌をとりあげて、「今や国を挙げて必勝無畏の力に徹してゐる。かすかな本集の終りに、『充ち足らへる人のたもたむ幸といへど心畏れなき人もたもたむ』といふ一首がある。私自身これを単なる偶然と思つてはならない。これを以て本集の跋とする」と書いた。

戦時の覚悟を言ったにはちがいないのだが、この一首は、戦時と関わりなく独立して鑑賞することも可能である。また、佐太郎自身、「何か」を表現し得た感触を持って最後に据えたであろうことも推測できる。

作者自身は「充ち足らへる人」でもなければ「畏れなき人」でもないのである。二つのことを並列または対称的に配することによって浮かび上がる奥行の深さ、あるいは光と影、もしくは反転世界の暗示、これはのちに佐太郎作品の中で独特の技法としてその完成度を深めていく。

例えば、

あぢさゐの藍《あゐ》のつゆけき花ありぬぬばたまの夜あかねさす昼　（昭22・『帰潮』）

地底湖にしたたる滴かすかにて一瞬の音一劫の音　（昭45・『開冬』）

などに、それを見ることができる。

佐太郎は「ものを見る眼」ということを常に門下に教えたが、それは実景を見るだけでなく、その中にある存在の真実、真理に目をひらけ、ということでもあった。また、実際の技法としては、「卒直・端的にいう」ことを厳しく課した。しかし一方、佐太郎は表現上の技法として、その実相を捉えるのに、一方的な視野でなく、表と裏、あるいは実と虚、遠と近、一瞬と永遠、というような、二元的な要素を意識的にとり入れているようにみえる。おそらく、佐太郎に言わせれば、同一線上の深化に過ぎない、というだろうと、私には思われる。が、それは、弁証法上の、いわゆる「正・反・合」の法則に合致している視点なのではないかと思う。

あじさいの歌の、昼と夜という時間軸上の位置を逆転する方法。龍泉洞で得た水滴の一首では、瞬間と永劫《えいごう》、という「時間」の極限の在りようを、感性的にキャッチする。それを表現するのに、対称的な二つを並列することで、無限の深さを表出する。これは短詩型ゆえに生み出されたすぐれた技法の一つといえるのではないか。その技術を、佐太郎はすでにこの『しろたへ』において獲得したと思うのである。

なお、昭和五十二年発行の『佐藤佐太郎全歌集』（講談社）の『しろたへ』には、昭和十九年の作品の戦時詠十七首が「補遺」として追加されている。次の歌集『立房』は昭和二十年からの作品がまとめられているので、年代的な空白を補う意味もあったろうが、当時のありのままの心理的境涯をあえて追補していることは、佐太郎の「戦時詠」に対する考え方を示していることにもなろうか。

余談になるが、この講談社刊の『全歌集』を企画、編集したのは、当時、「婦人倶楽部」の編集長だった高橋加寿男氏であった。戦地から帰還後、当時の「歩道短歌会」の仲間の一人として共に佐太郎門で研鑽を積んだが、のちに「婦人倶楽部」の月刊発行部数を、女性雑誌の中ではじめて百万部を突破させたというので、当時の雑誌出版界では名のある人であった。むろん『全歌集』の編集には、由谷一郎、菊澤研一、秋葉四郎氏など、当時の「歩道」会員の真摯な協力があったが、それによって集められたものは「編余」「補遺」などとして各集の後ろに加えられている。

この『全歌集』刊行の昭和五十二年頃、私はすでに短歌から離れて十余年を過ぎていたが、「歩道」の仲間とは多くの交流がつづいていた。また前述のように阿部静枝さんの葬儀（昭和四十九年）の帰途、たまたま佐藤先生と同じバスに乗り合わせ、池袋で珈琲をご馳走になったことがある。その時佐藤先生は「いまは君、何をやってもいいが、五十になったら歌に帰って来給え」と言われた。その重い一言は、のちの短歌復帰への原動力ともなった。そうした経緯の中で、高橋氏との交流も絶えずつづいていたのだが、ある日、強い要請があって、東大の近くのレストランに招かれた。その時「これがやっと出来たの。だからあなたに見てもらいたくて」と差し出されたのが、『佐藤佐太郎全歌集』特装愛蔵版三百部の内、第十二番の一冊だった。佐藤佐太郎の署名と、及辰園の印、これは中川一政の作陶印である。

高橋氏は「昨日、この本を持って行ったら、珍しくたいそうよろこんで下さってね。ぼくはもう……」と氏は涙ぐんだ。「うれしくってうれしくって」と、高橋氏は眼鏡を外してハンカチで眼を抑えた。「きょうは、そのお祝いなの」。

皆が佐太郎の存在を愛していた。怒られても叱られても拒否されても、弟子たちにとっては佐太郎の存在はかけがえのないものだった。「生きている内に全歌集なんか出すもんじゃないよ、君」という、頑な佐藤佐太郎をねばりづよく説得しつづけた氏にとって、他の出版社にはとられたくない、というつよい執念もあったのであろう。紆余曲折の揚句、ようやく完成した一冊への、佐太郎のよろこびと感謝の一言を、氏はどれほどの感激を以て受けとったことだろうか。そしてそのよろこびは、周囲の弟子たちの前では、表わしかねる面もあったのだろう。門下を離れていた私、古い仲間の私だから、安心してそのよろこびを聞いて欲しかったのだろうと思う。高橋氏は、「もう、これで死んでもいい」と言わんばかり。出ている和風フランスァンだった。

料理を、もりもりと食べ尽した。佐太郎の弟子は、皆、「佐太郎熱」にとりつかれた強烈なフ

戦後の佐太郎

相次ぐ空襲の恐怖、焼跡の荒涼とした風景と共に、誰の心にも拭い難い心の傷痕をのこして、戦争は終った。

佐藤佐太郎は終戦前の昭和二十年三月に、妻子を茨城の実家へ疎開させたが、五月二十五日の空襲で東京の住居家財を焼失、自らも岩波書店を退社して、実家に帰った。

私事にわたるが、私がはじめて佐藤先生から添削を受けたのは、ちょうどこの頃である。昭和二十年八月二十四日の日付で、その添削歌稿と、手紙がのこっている。「茨城県多賀郡平潟町本町　佐藤佐太郎」の名で、見事な和紙の便箋の裏表二枚を使って、懇切な批評が書いてあり、私の送った歌稿に添削してあるが、後々までそうであったように、できる限り、添削は少なく、その作者のことばを生かす、という形で、送った十八首の内、赤丸がついたのが七首。しかもよく見ると、青鉛筆、赤鉛筆、墨筆の三色の書入れがあり、その跡を辿ると、たしかに三度、改めて手を入れて下さっているのが判る。ちなみに、手紙は細い墨筆であった。たかが十代の一少女であった私ごとき者に、こうも懇ろな批評を送って下さる指導者であったことに、

今さら頭の下がる思いがする。

それなのに年少の私は、十分の礼儀を尽さなかったとみえ、後の交信に「私の方からお返しした歌稿が到着したといふ葉書をおよこし下さい。受取りはなしでは頼りないですか（ら）」とお叱りを受けた。

二十年九月九日付の葉書に、

「私は又東京で働く事になり上京いたしました。それで住居の見つかりますまで表記に居ります。御歌が出来ましたら御持参お遊びに御出かけ下さい。日曜在宅」

とある。上京した仮住居の住所は、どの記録にも出ていないので記しておくと、「杉並区阿佐ヶ谷六ノ一八四　川村シゲジ方　佐藤佐太郎」とあって、つづいて九月二十一日付の添削が残っている。終戦直後の混乱の中にあって、私はこの場所を訪れることはなかった。十一月には蒲田の糀谷の新居に妻子を呼びよせた。私が母に伴われてここを訪れ、はじめて佐藤佐太郎に面会したのは翌年の一月であった。一面の焼跡がまだのこり、遠くに羽田の飛行場の、唯一焼けのこった赤い鳥居が見えていたのを覚えている。

佐藤佐太郎というと、どこか実務に疎《うと》かったように思う人もいるようであるが、終戦前後の世相の混乱の中で、いちはやく上京、住居の確保、勤め先の確保、幼児二人を抱えた妻の呼びよせなど、当時のあの激しい混乱の中での佐太郎自身の行動は、果敢であったし、事実、このあと再び四月には青山に居を構えた。「墓地下の家」と呼ばれるやや暗い一軒家で、ここでは歌会や編集会がひらかれ、私にも歌仲間ができるようになった。
第四歌集『立房』の出版されたのは、翌二十二年七月だが、終戦時の昭和二十年からの作品がここに収められた。

戦は過ぎけるかなと蓖麻《ひま》の花のこまかき紅《あけ》も心にぞしむ　（昭20）
妻の手紙よみつつおもふ互《かた》みなる吾の手紙も悲しからんか　（同）
風はかく清くも吹くかものなべて虚しき跡にわれは立てれば　（同）
幼子のあそびし跡のすべすべとしたる畳に柚《ゆず》の種《たね》ふたつ　（同）

敗戦後の虚しさの中に、日常生活が還ってくる。人々がくらしに追われて右往左往している中で、ものを、心を見つめる佐太郎の視線が、急速に冴えてくる。

よもすがら雪のうへにて清くなりし外の空気に椎《しひ》の枝みゆ　（昭21）
生活は虔《つつま》しきかなや夕ぐれに凍る干物《ほしもの》を妻はかかへて　（同）

余剰を排し、「瞬間」を捉えて「永遠」にするのだ、と佐太郎からきかされたことがある。そのために「ことば」があるのだ、とも。佐太郎はまた「気息」ということをよく言った。それは「息づかい」であると同時に、ことばに気息をこめる、ということでもある。ことばを選ぶとき、また、ことばからことばを繋ぐとき、その間から立ちのぼる香気を、佐太郎は求めていた。実際「ことばとことばの繋ぎ目から立ちのぼる香気のやうなもの」それが詩である、とも述べている。

自然界を対象とした「自然詠」とよばれる作品は、とくに「アララギ」系写生短歌にとっては大切にされて来たが、同じ自然詠でも、佐太郎の作品の中では、その視線に独特のひらめきがあり、読者の共鳴をよぶ。無駄なことばがない。

6 「単純化」する勇気

『立房』刊行まで

昭和二十年八月十五日。第二次世界大戦の終結したその日は、その日を経験した日本人にとっては、言い難い印象として誰の心にも残っているはずである。およそ七十年後の今でも「終戦記念日」となっているものの、実際には「敗戦」であり、戦後生活の、生きのびるための個々の闘いは、まことに切実なものがあった。

その中で佐太郎はまず上京、次いで職場と家を確保、家族の呼び寄せに精力的に動いていることは前項に述べた。

佐太郎の周囲に集まって来ていた青年たちが、佐太郎を主宰とする歌誌「歩道」を編集発行しはじめたのは、戦中の昭和二十年五月であったが、終戦前後を隔てて復刊したのは通称「墓地下の家」に移ってからであった。ガリ版刷りのその第三号から、私も作品を「酒巻さゑ子（本名酒巻磋瑛子）」の名で出詠した。当時の会員には、長澤賀寿作（長澤一作）、田中子之吉などがいた。ガリ版刷り手書きの雑誌で、昭和二十三年六月に活版刷りになるまで、熱気に溢れた集団として研鑽し合った当時が今は懐しい。

第四歌集『立房』の発行されたのは昭和二十二年七月。この刊行を前に、佐太郎は二月に永言社という出版社を立ち上げ、『立房』はここから刊行された。発行名義人は夫人の佐藤志満となっている。しかし、結果的には、じきにこの出版社は消えてしまう。ほとんど『立房』のために立ち上げた出版社ともいえそうである。戦後は、雨後の筍《たけのこ》のように多くの小出版社が生まれ、かつ消えて行ったが、これは、既成出版社に対して、戦中の責任を問うＧＨＱの規制、指導が強かったせいもあると聞いている。

歌集『立房』は、戦後間もないこともあって、いわゆる更生紙を使った、やや粗悪な用紙に、印刷もよくないのだが、表紙は濃い黄色に青の細枠、題字は大きな黒い印刷文字のくっきりした、素朴だが当時としてはモダンな意匠であった。

それより少し前、戦後間もない昭和二十一年二月には、角川書店から『歩道』の新版が刊行されている。それまで四刷を重ねた『歩道』は、鎌田敬止氏の八雲書林から出ていたが、その了解を得て、角川源義氏の提案に応えた新版であった。その現物を今手にしているが、定価「拾圓八拾銭（税共）」とある。発行部数三千部。白地に藍の雲鶴文様、検印も朱肉できちんと捺してある。用紙はやはり更生紙で、当時としてはかなり高価であるが、戦後、文字に飢えていた人々は心から喜んで買ったにちがいない。角川書店の住所が「東京都板橋区小竹町二六九

○」とあるのも微笑ましい。

『立房』の世界（Ⅰ）

歌集『立房』は、昭和二十年八月十五日、すなわち終戦のその日からはじまっている。

なでしこの透きとほりたる紅《くれなゐ》が日の照る庭にみえて悲しも　（昭20）

東京を焼け出されて、実家茨城県平潟で終戦を迎えた日の作である。終戦の詔勅を聞き、敗戦の悲歎、今後への危惧、そしていくらかはほっとした気分。焼野原となった東京という都市と異って、農村地帯の変らない草花の営み。そうした背景をすべて深く沈めて、すらりとして美しい歌体である。が、そこに深沈と漂う気息は、そのことばを超えて、人間が否応なく抱える「生の悲しみ」を伝えてくる。何の工夫もないように見えながら、削り落とせるものはすべて捨ててしまうという、独特の、自己信頼に充ちた表現がそこにある。このあたりをきっかけとして、「卒直・端的」な表現が、そして、的確な把握と「目にみえないもの」の揺曳が、作品の上で次第に鮮明になっていく。

ことごとくしづかになりし山河は彼《か》の飛行機の上より見えん　（昭20）

風はかく清くも吹くかものなべて虚しき跡にわれは立てれば　（同）

空爆にことごとく破壊された東京の街。「国破れて山河あり」の杜甫の詩句が、如実に迫ってくる戦後の東京である。かつて爆撃機B29の重苦しい爆音に圧迫されつづけた市民として、今軽やかに空を行く一機からの視界を想像する作者。たしかに、戦争は終ったのである。

しかし、現実は、ことごとく焼き尽され、無惨にも広々と見渡すことのできる戦後の焼跡である。その間からぐんぐん青草が繁る。私自身の経験から言えば、焼跡の中から一番早く育って花を咲かせたのは、コスモスであった。やさしく秋の風に揺れながら、よく見ると、その茎は赤く猛々しく、土に還った死者たちの精を吸って咲き盛っているようにみえた。少女期の私にとっては、耐えられない印象がつよく、いまだにコスモスを好まない。コスモス街道などと名付けられたハイキングコースの標識に出会うと身が竦《すく》む。

しかし、佐太郎は、雑多なものの焼け残る戦後の街区を「なべて虚しき跡」といい、そこを吹きぬける風を「風はかく清くも吹くか」と感受するのである。そこには、些細な事実にとらわれることなく、思い切った「捨象」が行われており、「感受」を最も重く観る作者がいる。「ものなべて虚しき跡」では抽象的すぎる、という人もあるだろうが、この語句を得るまでの、限りない「限定」表現の苦心が、読む者に「何か」を伝えてくる。

「表現とは限定である」とは、佐太郎の「純粋短歌論」の内の大きな柱の一つであるが、「捨て去る勇気」こそが、佐太郎短歌を理解する場合の一つのキーワードでもある。

ここでの「ものなべて虚しき跡」は、戦災の跡地であるが、感受する側が受け取るのは、例えばそれが震災の跡地でもよいし、外国の寺院の廃墟でもかまわない。あるいは考古学的発掘の跡地でもよければ、火山噴火で埋められた跡でもいい。感受は自由なのである。ただし、何かの廃墟であることは確かであり、そこに立つ作者が、そこに吹く「風」を「清く」感じていること、その感覚を共有することが大事なのである。「捨象」によってむしろ「感覚」が際立って読者に迫ってくる、その「単純化」は、覚悟なしに成立するものではあるまい。勇気が要る。そして、佐太郎はその後もずっと、その勇気、覚悟を貫くのである。

ついでに言うと、この歌は、蒲田糀谷に住んでいた頃の所感ではないか、と思うことがある。前述のように、糀谷の一軒家は、まわりはほとんど「焼跡」であり、家の向うには荒れ果てた羽田の飛行場の空間と、一つだけ焼け残ったお稲荷さんの赤い鳥居がみえていた。まさに「なべて虚しき」情景であった。しかし、実際には、焦土と化した青山の近辺を歩いての感想だとは、後に兄弟子である長澤一作の著書から教えられた。それによれば「五月まで住んでいた同潤会アパートの焼けたビル、斎藤茂吉の青山脳病院の焼跡、アララギ発行所の焼跡なども見えていたかもしれない」、それを「没細部的に〝ものなべて虚しき跡〟といった一のである由。

このような、佐太郎の歌の生成を知ってもなお、作品の鑑賞は各自の自由であり、その自由度と共に、心情の切実さが紛れなく伝わるところに、佐太郎秀歌の真価があると思う。

「削ぎ落とし」の技法と「造語」

よもすがら雪のうへにて清くなりし外の空気に椎《しひ》の枝みゆ　（昭21）

この時代の佐太郎作品は、つねに端正な姿を持つが、この一首なども、じつに美しく、しかもどこかに「厳か」なひびきを有している。そして基本的な短歌の条件、すなわち、時、所、われの位置、対象、すべてが短いことばで十全に充たされながら、息づかいが永く、また過剰な部分が無い。単語の中には全く触れていないのに、朝早くであること、冷たい空気であること、雪は止んでいること、おそらくは白い雪をまだ冠《かぶ》っているであろう椎の木肌の黝《くろ》さまでが、目前に見るように浮かんでくる。空間の冷たさもまた。これが佐太郎の表現技術である。どの歌も、突き詰めて、削ぎ落としてさらに磨かれている。余剰のことばは全く無いのに、その「削ぎ落とし」によって生まれることばの空間は無限に深い。佐太郎の短歌に近付けば近付くほど、到底敵わないという思いが湧く。若い頃、短歌から離れることを決意したことのある私にとって、佐太郎はつねに超えられぬ巨巌でありつづけた。何といっても、佐太郎はまぎれもなく一種の天才であった、と私は今も思っている。天才はすばらしいものであり、外から見ているぶんにはいいが、弟子にとっては辛いものだ。なぜといって、師を超えることはほぼ不可能なのだから。

とどまらぬ春のはやちや鋤きてある田なかの土はさながら重し　（昭21）

「彼岸前後」の小題の中にある。車中からの嘱目だそうであるが、鋤き返された田の土の重々とした感じと色とを「さながら重し」と表現したあたりに、ずっしりと読み手に伝わってくる「何か」がある。その「何か」、つまり「ことば」を使いながら「ことば」では表わせないもの。それはおそらく、佐太郎言うところの「ことばとことばのつなぎ目から立ちのぼる香気のようなもの」なのであろう。感得することでしか、その方法を知ることはできないのだと思う。

佐太郎門下に入ってから十二年目、私は松田さえこの名で第一歌集『さるびあ街』を刊行して、日本歌人クラブ推薦歌集となり、歌壇に出たが、その歌集の開巻第一首めに「あらあらしき春の疾風《はやち》や夜白く辛夷《こぶし》のつぼみふくらみぬべし」がある。今気付いたことだが、この上句は「とどまらぬ春のはやちや」の語法にそっくりである。師から学ぶものがいかに大きかったかを、改めて自覚させられるのである。

ゆく春の曇空《くもりぞら》みえてやや高き三階に居れば寒し日すがら　（昭21）

しづかなる若葉のひまに立房《たちぶさ》の橡《とち》の花さきて心つつまし　（同）

佐太郎はしばしば、歌評をする時に、「われ」の位置をしっかり据えること、自分の位置がしっかり定まっていないと、「ものを見る」ことは不可能なのだ、ということを教えた。ここでいえば「やや高き三階」の窓から晩春の曇りが見えているのであり、そこに「日すがら」座っていることになろうか。勤務先での詠かと思うが、どこか、束縛されて自由にできない、愉《たの》しくない感じがある。「位置」がわかる、というのは、別に「三階」などの具体にこだわる必要はないので、三階というやや中途半端な高さに日すがら居る不安定さがメインになろう。作者の視線はしばしばその窓に向くのである。

後者では、「われ」の位置はおそらく橡（栃）の花を仰いでいるのであろう。「若葉」に対して「しづかなる」という、揺らぎのない状態を初句に据えているために、立房の花が際立ってみえるし、「心つつまし」が的確に活きている。ここでいう「立房」ということばは、橡の花の状態をよく表わしているが、題名に選んでいるところを見ると、おそらくは佐太郎の「造語」の一つであろうか。橡の花はヨーロッパ風にいえばマロニエに近く、青山の当時の大宮御所（現東宮御所）の近辺で見かけた記憶がある。いわれてみればなるほどその花房は「立房」

であるが、辞書に当ったが出ていなかった。
「造語」については斎藤茂吉にも折々例を見るが、或る種の自信と発見がないと成り立たない技法でもある。

とどまらぬ時としおもひ過去《すぎゆき》は音なき谷に似つつ悲しむ　（昭15・『歩道』）

の「過去」に「すぎゆき」という訓みをつけたのはおそらく自分が最初だろう、ということを、佐太郎は『歩道　互評自註歌集』の中に書いている。また最初に「飲食」と書いて「のみくひ」とふりがなのついていたのを、歌集収録時にルビを除き、「をんじき」と訓ませる工夫をしている例もあって、語感に対する鋭敏な美意識は、常にことば全体に向けられていた。

『立房』の世界（Ⅱ）

昭和二十一年には、かなり多くの旅行詠が作られている。前年の終りから勤めた青磁社から、札幌支社への長期出張という形で北海道に滞在、春から夏、更に再度秋に道内を旅行して、昭和新山、洞爺《とうや》湖、摩周湖など、多彩な旅行詠が生まれている。有珠《うす》山のマグマ噴出によって形成された昭和新山の活動は、昭和十八年から二十年九月まで続いていたから、

ところはに地にこもれる火のたぎち峰の岩々は鳴る音ぞする　(昭21)

をはじめ、動的な威力を据えた作が多い。この「火のたぎち」の把握は、後に佐太郎の代表作の一つとなる『群丘《ぐんきゅう》』の中の一首、

平炉《へいろ》より鋳鍋にたぎちゐる炎火《ほのほ》の真髄は白きかがやき　(昭32)

などの、新日鐵工場での一連の表現の先駆をなしているようにも見える。

札幌青磁社への出張が何であったのかは定かでないが、東京では紙の調達が不自由であったため、札幌に支社を置いた、という説があって、納得できる気がする。北海道には王子製紙をはじめ、大手製紙工場が多く活動しはじめていた時期でもある。

7 『帰潮』の世界へ

『立房』の覚悟

歌集『立房』に収録されている歌数は四百四十首であるが、以前の歌集『歩道』、次の歌集『帰潮』に比較すると、それほど重量感がない、というのが率直な私の感受である。北海道詠、とくに「昭和新山」の歌群は、あらあらしい地球の噴火に対する新しい表現に工夫があり、高い評価も多い。しかし、何といっても、新しい出発へ向けての覚悟と模索の時期である。それは、この四百四十首が、昭和二十年八月十五日から、昭和二十一年末までの、一年四ヶ月余という短期間の作品群であること、その一事を除外して考えることはできないと思う。

『立房』の「後記」には、ここに収載された作品が、敬愛する斎藤茂吉の容認を経ずに発表したはじめての歌群であることを明かし、いまだ疎開先の、山形大石田にあって病後を養う斎藤茂吉への敬愛にみちた献辞が書かれている。それと共に、戦後の混沌の中に生きる中で、作歌について「或る漠然とした方向を感じつつ努力」したが、思うにまかせない現状を述べ、「年が明けるとともに、私は決断して実生活と作歌との上に更に新しい境涯をみづから招かうとしてゐる。そこで、私は去年までを一区切として清算するために本集をまとめた」という一文を遺している。過去を切り捨てて新しい出発を図るために、あえて一年四ヶ月余の作品をまとめたのであり、その意味では『立房』の一巻は、「佐藤佐太郎の世界」を拓くための礎石となった、ともいえる。

現在でこそ多くの歌人たちがいわゆる「プロ」として、短歌作品を中心にその周辺で生きていくことも可能になったが、当時、短歌を業の中心とすることで生活するのは、殆ど不可能に近い時代だった。それでも、それ以降、佐太郎は定《きま》った職業に勤めることをしなかった。他の歌人たちは、老齢の人を除いては多くは定職を持ち、それによって生活を保ちながら作歌をしていた。よほどの覚悟のない限り、短歌一本槍の生活など、考えられない時代に、佐太郎は作歌に「賭けた」のである。本来勤務体制に適した人ではなかったとは思うが、ともかくも退路を断つ形で佐太郎は短歌一本に生活を絞っていく。会社等の歌会の指導や、依頼された全集の編集などの仕事はあったにせよ、家族三人を抱えての生活は決して楽なものではない。「毎日新聞」の歌壇選者をひき受けた昭和二十八年以後、一種の安定は確保されたと思うが、佐太郎の当時を思い起しても、生活臭というものがほとんど無かったのに改めて気付くのである。それでも奥の部屋にはピアノがあり、後に芸術大学の附属高校からピアノ科に入った長女肇子さんの、幼いうちから才気溢れる演奏が聴こえていた。

よもすがら雪のうへにて清くなりし外の空気に椎《しひ》の枝みゆ　（昭21）

生活は虔《つつま》しきかなや夕ぐれに凍る干物《ほしもの》を妻はかかへて　（同）

など、独特の清潔感を湛えた作の間に「忿怒罪」の小題で、

ことゆゑもなく怖ろしき声いでて吾みづからも妻もをののく　（昭21）

みだれたる心なげよと墓あひの道ゆく吾は人さへに似ず　（同）

など、寡黙なだけに怒り易かった佐太郎の、心の襞《ひだ》を窺わせる作が混っているのも、一つの見どころかもしれない。

これといふ安立《さだまり》のなく生きをりて暑き墓あひの道をもとほる　（昭21）

ここで「安立」という文字を使って「さだまり」とよませているのだが、要するに安心立命は生活の安定から来ることを、佐太郎は十分知っているのである。にもかかわらず、あえて短歌一筋の道を選び究める決意をしたことになる。作品そのものについては、次の『帰潮』の重量に押されて、いくらか軽く見られがちな『立房』の一冊は、じつは深い「決意の書」の趣を持っていることを、改めて思い知らされるのである。

「歩道」草創のころ

短歌雑誌「歩道」の創刊は戦中の昭和二十年五月であったが、直後に空襲にあって中断、戦後ガリ版刷りで再刊された。最初のガリ版刷り創刊号の時から、中心にあってガリ版を切ったのは、門下の光橋正起で、まだ二十歳を超えたばかりの、色白の好青年だった。糀谷の、焼跡の小さな家での歌会で先生に紹介されて以来、暫くの間ではあったが、家が近いこともあって、私は作歌のさまざまなことについて教えてもらうことが多かった。喘息がひどく、慶応病院に入院していた頃も、見舞いに行って、屋上で暫く話をしたことがあったが、黒縁の眼鏡をかけ、復員軍人の着るカーキ色の外套《がいとう》を、浴衣の上に羽織っていたのを、今も鮮明に思い出す。彼はその後、手術の予後がわるく、間もなく亡くなったが、「歩道」創生期の立役者だった。『帰潮』の歌に、「悼光橋正起」の二首がある。

たたかひにやぶれし後を伊皿子《いさらご》の部屋にあけくれき君と吾とは　（昭22）

魚などのあぎとふ如く苦しめる君の病をわれは見たりき　（同）

この歌に即して考えると、戦後、茨城から上京した佐太郎は、伊皿子（東京、高輪の近く）に一時住んだと思われる。

私自身の保存している佐太郎の手紙では、八月二十四日付ではまだ平潟にあり、九月九日付の手紙は東京阿佐ヶ谷の川村シゲジ方、九月二十一日付も同じで、十一月には蒲田糀谷に移って妻子を呼び寄せている。とすれば、伊皿子に住んだのは、上京後ごく短い期間であったのかもしれない。些細なことのようであるが、阿佐ヶ谷も伊皿子も、佐太郎の経歴に記載されていないことなので、あえてここに記しておく。研究者の資料の一端となれば幸いである。

この歌には佐太郎の、光橋正起によせる深い思いがこめられているが、実際、雑誌「歩道」は彼なくしては誕生しなかったであろう。彼の姉もまた、その頃の会員であった。光橋の歿後、ガリ版は主として芝沼美重が受け持った。物もなく、青春の熱意と労力が、創生期の「歩道」を支えていた。糀谷の頃から行われていた歌会は、すでにつよい熱気にあふれていたが、二十一年四月、墓地下の家に移ってからの歌会は、昼早くから晩まで、時を忘れて歌評が厳しくかつ激しく飛び交った。当時はまだコピー機などはないから、わら半紙を細い短冊形に切って作品一首を無記名で提出、番号を振って後、皆に手渡し、一首ずつわら半紙一枚に書写して、隣りの人へ回すのである。時間もかかるが、筆写することでその作品の美点欠点も確実に見定められる。現在のスピーディーな歌評が表面的になり易いことを思えば「時間をかけること」の大切さは、比較にならぬほど大きく、批評眼を育てるのには絶大な効果があったと思う。

佐太郎自身もむろん、自作を提出する。たまたま批評の順番が私に回ってきて、無記名だから、思うさま批判したとき、佐太郎がこう言ったことがある。「君、そうひどくいわなくてもいいじゃないの。この歌はわたしのだ」――私は恐縮、というより、批判することのこわさ、平衡感覚の不足、自信過剰の怖ろしさを、身にしみて感じたことだった。

誰もが言うように、佐太郎は東北人特有の無口、いわば不愛想な感じを人に抱かせるが、その無言の含む重みには独特なものがあった。それだけに、発することばの一語一語もまた、ずしりと重いのである。感覚は鋭敏に過ぎるほどシャープなのだが、これが短歌表現の一語となったとき、的確にして重みがある。才気走ったところが全く無い。このことは若い頃の私にとっては、たいそう魅力的であった。

ガリ版刷り三号の出たころには、すでに墓地下の家に移っていたが、若い会員がどんどんふえて、歌会では、二重の輪を作って坐ることさえあった。また、戦後、「第二芸術論」が流行して、短歌・俳句は価値がないようにおとしめられた時期でもあったが、佐太郎はこれに対してあえて反論することなく、作品を以てこれに応えようという態度を貫いた。時期的に見て、佐太郎が『立房』を一つの清算として、次のステップを踏み出すための踏石としたのではないか、と思うことがある。次の第五歌集『帰潮』に漲《みなぎ》る自己凝視の世界は、敗戦後、まるで勝者のように「古いもの」を蔑視した文芸評論家たちへの、無言の返答を志したもののようにもみえる。

当時「アララギ」は土屋文明が中心に在った。斎藤茂吉は戦争協力者として世間の不当な扱いを受けていた頃である。土屋文明は小野十三郎の「奴隷の韻律」という、センセーショナルな定型詩抹殺の刃に対って、「短歌は文学を志す者の誰でも通過する前庭である」という趣旨の発言をしている。今思えば、ある意味では文芸の一面を衝いてもいると思うが、正面切って「第二芸術論」に反論する人は少なく、ただ右往左往する人々が多かった。しかしその中で、作品専一に「短歌」の存在価値を確立しようという佐太郎の態度は、周囲に集まっていた「新しい世代」の青年たちにとっては、非常に心強いものだった。妙に軽挙妄動せずに済んだからである。論に対して論をぶつけ、互いにいきり立つということも時にはあっていいのではあろうが、その「不毛」の部分を、冷静に見透かす力は、それ以上に必要な気がする。原則として、創作者は実作主義であってよい、と私は今も思っている。

だからといって、佐太郎は論を軽視したわけではなく、「歌と論は両輪であるべき」とは、佐太郎自身の言葉であり、事実、斎藤茂吉に「短歌写生の説」があるように、佐太郎には「純粋短歌論」がある。この論の最初の掲載は、昭和二十三年六月、「歩道」がはじめて活版印刷になった更新第一号の誌上であった。内深く温められ、形をなしつつあった論は、『立房』を区切りとして、次の歌集『帰潮』の分厚い作品群を、しっかりと底支えするのである。

「時間」と「心理」

『帰潮』の出版されたのは昭和二十七年二月、第二書房からの刊行であった。作品は昭和二十二年から二十五年まで、四年間の作品を自ら取捨編纂した五百六十六首をもって構成した第五歌集であり、講談社版の『全歌集』では補遺として十五首が追加されている。更に岩波書店版『佐藤佐太郎集』では補遺の六首が加えられた。

この歌集の構成は、小題を付さず、ローマ数字で区分されている面でも珍しい。昭和二十二年は「I」から「XXI」、二十三年は「I」から「XXVI」まで、という区分けがしてある。おそらくは、小題による読者の先入観を拒否する覚悟であろうかとも思うが、一つの区切りに二首だけのもあれば、五首あり、八首あり、十一首あり、不定である。それだけ厳選されていることになろう。作品そのものだけで勝負しようという態度がありありと窺える。事実、小題を外したことで、読者は全く先入観なく一首一首に対き合うことができるのである。

苦しみて生きつつをれば枇杷《びは》の花《はな》終りて冬の後半となる　（昭22）
おもひきり冬の夜すがら降りし雨一夜《ひとよ》は明けて忘れ難しも　（同）
係恋《けいれん》に似たるこころよ夕雲《ゆふぐも》は見つつあゆめば白くなりゆく　（同）

開巻一首目から、このような粒よりの作が並ぶ。その自己凝視の、凝縮度のつよさと、清廉な気息に、思わずひきこまれてしまう。「冬の後半」という把握の的確さは、「苦しみて生きつつをれば」という時間の流れを感じさせ、一方、「苦しみ」が何であるかの「事実」には触れない。こまかな「説明」は余分であり、ものごとの「真」を踏まえるのである。そのために下句の具体が、上句の心理状態と共にすっと心に届いてくる。

心理の表現には具体は要らない。また、「事実」と「真実」は異う。佐太郎からしばしば言われたことばである。

そしてまた、この三首には、いずれも「時」の経過の把握がしっかりと据えられていよう。「生きつつをれば」「枇杷の花終りて」「冬の後半となる」どの句を辿っても、苦しい思いに生きている人間の上を「過ぎて行く時間」が感じられる。

二首目では「冬の夜すがら」「一夜は明けて」に時間の経過が明確にとらえられているし、三首目では「見つつあゆめば」「白くなりゆく」に、やはり時の移りの描写がたしかである。

同時に、心理状態、あるいは「こころの様相」ともいうべき、内的なものの把え方も独特である。一首目の「苦しみて生きつつをれば」には自らの生に対するはっきりした意図的な把握がある。いわば、自らをつき放して見ているような視線、内的なものに表現を与えるための自己凝視がある、ともいえよう。

二首目の「おもひきり」の口語的発想ともいえる形容は、心理的な捉え方であり、「忘れ難しも」も静かではあるが自己客観の姿勢を感じさせる。三首目の「係恋に似たるこころよ」の「係恋」は当然「恋にかかわる」意だが、「似たるこころよ」といって夕ぐれの曰く言い難い心の人恋しさを表わしている。夕映えている雲が光を失っていく間、ずっとその心を抱いて歩いているのである。

ここにすでに『帰潮』一巻の、魅力的な発想と表現を如実に看取できると思う。

8　悲の器

直視の効果

戦後の混乱と貧困。国民のすべてがはじめて遭遇した「敗戦」という屈辱的な現実の中で、誰もが生きることに精一杯であった。幸いGHQには日本文化の質の高さを知悉《ちしつ》している人々もいて、終戦（昭和二十年八月）の二ヶ月後、焼け残っていた帝劇で歌舞伎公演が行われた。六代目尾上菊五郎の鏡獅子が上演され、絢爛《けんらん》豪華な衣裳ではなかったものの、その華やかなライトの明るさに、観客は目眩むばかりに〝平和〟の到来を実感した。その一方、皇居前広場では「米よこせデモ」が熱気をたぎらせ、上野駅の地下道では、帰還兵が汚れた軍服のままごろ寝をしていた。私はまだ女子大の学生で、佐藤佐太郎宅の歌会に参加する一方、初期の左翼楽団「海燕《うみつばめ》」に加わり、青年共産同盟と共同で、行き場のない引揚者を収容する各地の引揚者寮を慰問に行き、唄を歌ったりした。そうした時代背景は、いつしか忘れられ易いが、あの時代の食べることの困難、生活の逼塞《ひっそく》、食料を入手するためにあらゆる衣料や書画や書物まで手放さなければならなかった事情などを軽視しては、『帰潮』一巻の裏に流れる「悲」の心情を理解することはできないと思う。

佐太郎はその時代に、職を捨てて独立したもののすぐに挫折、その後、他社に勤務することをせずに短歌に賭けた。いわば己れを許《いつわ》らず、己れを信じ、短歌に殉ずる覚悟なくしては成り立たない生を、自ら選んだのである。現代的フリーターの心情とは全く異る強い意思がそこにあった。文筆だけで食べて行けるような時代はどの世にも滅多にないが、まして短歌に賭ける覚悟を、特に宣言もせずに実行した佐太郎の態度には、学ぶべきところが多い。

前出の三首につづいて同じ昭和二十二年初頭には、次のような作が目をひく。

せまりたる日々《ひび》の消化を保たむにあはれあはれこの消極《せうきよく》ひとつ　（昭22）

われひとり部屋をとざして両の手を虚《むな》しく置けり夜の机に　（同）

道の上にあゆみとどめし吾がからだ火の如き悔《くい》に堪へんとしたり　（同）

いずれも心情を深く湛えた作品で、『立房』のころに、門下に語っていた「具体的に、実際を歌う」ということばの内容が、いちじるしく心の中にまで及んで来ているのを看取できると思う。心理的なことをも「具体」として捉えよう、という姿勢である。心理的なものに、「形」すなわち「ことば」を与えるひとつの教科書のように、当時の私は思っていた。「写生」の精神を享《う》け継いで来た者にとって、この把握、この表現はまことに刺激的であった。

一首目は、具体的な情況は全く語られていない。日毎日毎、消化せねばならぬ雑事、或は原稿の締切りもあるかもしれない。妻子のための生活費の手配もあるかもしれない。出かけて行って打ち合わせる約束があったかもしれない。そうした具体は何も書かれていないのも特色の一つである。差し迫った雑事をこなさなければならない義務感はあっても、そのために動き出すのが何か億劫なのである。己れを励ましながらも、心に体がついて行かない。「あはれあはれ」には歎息以上に、動かない自らを客観視している「視線」があって、みごとに人間の心理を描き出している。「直視」の効果である。

ここで私は、短歌でいう「具体」とは、「ものにさわる」とか、「事実をのべる」とかいうこと以上に、「ものごとを直視する」ことに他ならないことを教えられるのである。現在の短歌でいう「心理詠」の先蹤《せんしょう》のようにも見える。

二首目は、これは古くからいわれる「具体的」な作で、自らの行動をしっかりと描いているのだが、ここではむしろ、その行動を過不足なく描くことで、人間の心理がこれまたふしぎな位鮮明に立ってくる。孤りの部屋。机の上に両手を置く、ということは、何かをしようと、肱《ひじ》を張った形を想像させる。が、掌を置くだけで、何もしない。何もできない。その空白。じわじわと圧迫してくる無為の時間。「虚しく置けり」の「虚しく」の形容が際立ち、これもまた心理詠といえる内容を持っている。

三首目の「火の如き悔」の形容だけで、初めて読んだ時の若い私は、ひどく心を打たれたのを思い起す。しかもその悔は、道の上で思わず歩を止めるほど強烈なのである。当時三十八歳の佐藤佐太郎である。口の重い、体軀の大きな佐太郎は、その体を道の上に止めるほどの烈しい悔に、一瞬堪えるのだ。佐太郎は比喩が非常に巧みで、「ごとく」を用いた作は数多いが、門下には「ごとく」は滅多に使うな、と常に戒めた。その形容、比喩が、形容する名詞を超えられなければ意味がない、ありふれた比喩は使うな、というのである。

前衛短歌のさかんだった時期以降、歌壇では「ごとく」に代表される「直喩」の形式でなく、「暗喩」が新風としてもてはやされたが、これは技巧を弄する方向に偏り易く、暗喩の流行はむしろ一時的であったと私は思っている。今読んでも「火の如き悔に堪へんとしたり」という直喩の表現は、実感を以て読者に伝わってくると思う。

佐太郎は『帰潮』の「後記」の中にこう記す。

作歌に於いては、私の覚悟は既にきまつてゐた。ただそれを一歩たりとも徹底せしめようと欲したのである。私は観念的、模型的操作によらずして、体験に即して真実を表白しようとし、期せずして戦後の生活を「貧困」に縮図したのであつた。然しかう言つても、私の歌には事件的具体といふものは無い。短歌はさういふものを必要としないからである。

ここでいう「私の覚悟」とは、前述のように、あの戦後の困難な時代に、あえて短歌一筋の生活をはじめたこと。「第二芸術論」に代表される短歌批判に動揺、反発することなく、信念を以てその道を選んだことを指している。覚悟の上で「貧困」に甘んじ、その「生」を歩みはじめた軌跡が『帰潮』一巻に凝縮したといってもよいと思う。

存在と経過

食べること、生きることに人々が精一杯であった昭和二十二年。「捉え難い影」のように心を過ぎて行く「何か」を追求し、「詩的感動」の純粋を求めて、佐太郎の作品はぐんぐんその質を深めて行く。社会詠真っ盛り、左翼的行動にあふれていた時代、一人の人間が「生」とは何か、「真」とは何か、を追求して歌うという行為は、まことに孤独な道であったにちがいない。生活臭を切り捨て、観念的な納得は一切自らに許さず、ひたすら対象の実在的原型、本質に迫ろうとする。まさに写生の深化である。不純物一切を捨て去ることで、詩的感動は浄化し、昇華し、さらに清明な境地に到るのである。

この年代には、次のような秀歌が目白押しに並ぶ。

連結を終りし貨車はつぎつぎに伝はりてゆく連結の音　（昭22）

あぢさゐの藍《あゐ》のつゆけき花ありぬぬばたまの夜あかねさす昼　（同）

潤《うるほ》ひをもちて今夜《こよひ》のひろき空星ことごとく孤独にあらず　（同）

おごそかに昼ふけわたる夏の日にそよぐものあり銀杏《いちやう》無尽葉《むじんえふ》　（同）

それぞれの歌が独立したみごとな作品といえるが、どの作にも、独特の新鮮な「発見」があり、工夫を工夫と見せない周到繊細なこころ配りがあって、六十余年を経た現在でもその歌一つ一つに言い知れぬ味わいがある。一向に古びた感じがないのである。

一首目では、貨車が連結器で繋がれた時の、一種の鉄の轟きのような短い音響を捉えているのだが、「連結」の語を重ねて使い、その音がどうだとか、自分がどう思ったかなどのことは、一切言わないのである。同じ語をくり返して使うことの難しさは、短詩型の技術を知る者にとっては自明のことだが、その上、「つぎつぎに伝はりてゆく」と平易に言っていながら、その重量のある音響が一瞬ではなく、ある幅を持って伝わってくるのを、如実に感じさせる。見事な技法である。

二首目の「あぢさゐ」の歌は、佐太郎の代表作の一つである。ここにも他人に真似のできない新しい表現法が生きている。題材は「あぢさゐの花」だけなのだが、「藍のつゆけき」の一語で、雨に濡れて重々とした藍いろの花が読者の心に印象される。「濡れた」とは言っていないのだが、雨を想像させるのは、「つゆけき」に「つゆ」の語が含まれているためもあろう。読者はつい「梅雨《つゆ》」を連想する。構えて据えた語法の罠というわけではなく、すらりとこの語が生まれてくるまでの、心に蔵《しま》って磨いている時間の永さを感じてしまう。しかも「花ありぬ」とつづく。「ありぬ」であって「咲きぬ」ではないのだ。「あり」とは存在を示す。しかも「ぬ」という完了形のため、そこに時間的な経過が感じられる。そして「ぬばたまの夜あかねさす昼」と、枕詞によって「夜も昼も」と、そこにも時間の経過が盛り込まれている。

要するに、そこに時をかけて存在する「藍のつゆけき花」、あじさいの露を帯びた花の印象だけが、読者の心には重量を含んだまま美しく残り、その背景が「夜」だったり「昼」だったり、みごとに変化する。表現の手品のような感じがある。

私はこの歌を見ると、蕪村の句をつい連想してしまう。

方百里雨雲よせぬぼたむ哉　　蕪村（『新花摘』）

蕪村の牡丹の句には秀句が多いが、私はこの句が特に好きである。牡丹が咲き盛って光りかがやいている、その様子を、あたり四方、百里の空間には、雨雲も寄せつけない程見事だというのだ。絢爛とした牡丹の盛りの勢いを、巧みに表現しているのだが、「雨雲を寄せつけない」といっているのに、雨雲の灰色をつい想像してしまい、牡丹の「背景」が青空ではなく、きらきら輝くグレーの空、という印象がのこってしまう。背景が青いより、きらめく灰色の方が格段に美しい。花の背景の色彩にそれを配したのは、画家蕪村ならでは、とも思うのだが、否定の助動詞「ぬ」たった一つで、それを成し遂げていることに、怖ろしいほどの「技」を感じてしまうのである。

佐太郎の作はどうだろう。牡丹ではなく「あぢさゐ」だが、その存在をしっかり据えたあと、下句は「ぬばたまの夜」そして「あかねさす昼」、闇と光をすっと入れ替えてみせる。入れ替る背景の中に「あぢさゐの藍のつゆけき花」は、どっしりと重く、夜も昼も存在しつづけているのだ。これまた、怖るべき技術というべきだと思う。

そして三首目、どこにも角《かど》がないような、声調のととのった中に、後年の歌集『星宿』につながる、星への心寄せと、人間の孤独感を見ることができようか。「生」についての考察が、短歌の奥にいつも居坐っている佐太郎のことばの中で「ことごとく孤独にあらず」という語句に出会うと、私は反射的に佐太郎はつねに人間は孤独であると思い定めていたように思えてしまう。

四首目の作をはじめて眼にしたときの、ふしぎな感覚は今も記憶している。まだ少女期にあった私は、佐藤佐太郎に心酔して、その周囲にいつもいたわけだが、この作を見た時には、以前の作品と傾向が異り、師と仰ぐ佐太郎が何かひとつの新しい開眼をしたのではないか、そこにはもう到底随《つ》いて行けないのではないか、という、或る種の畏怖を感じたのであった。夏、その昼の過ぎて行く時間を、「昼ふけわたる」と表現し、しかも「おごそかに」という。その表現にはたしかに荘厳な気息がある。そして「無尽葉」という発想には、何か仏教的なものがあるように、私には思われたのであった。後年の佐太郎にはかなり漢語脈の語彙がふえて行くが、この時代には、例えば、

女一人《をんなひとり》罪にしづみてゆく経路その断片を折々聞けり　（昭22）

のように、短い中に重い意味を持つ成語を用いている程度で、新しい語句に凝縮していう表現を、むしろ忌避するところが多いように感じていた。従って、内心驚くと同時に、何かの束縛を解かれたように、門下の私には感じられたのであった。しかも「銀杏無尽葉」と集約した語句が据えられたことで、上句の「おごそかに」という感性的な把握も、「昼ふけわたる」というのびやかな語句も、脈打つようにして結句に収斂されるのである。圧倒されるような思いと同時に、語句を生むことの大切さを改めて知ったのであった。

このように『帰潮』の昭和二十二年の作品には、さまざまな工夫が凝らされている。一首一首に充実がある。しかしその底にあるのは、生活の「貧」であり、「生きる」存在としての人間の身であり心である。表立って標識にすることはないが、佐太郎の心底には、いつも人間存

在の「悲しみ」が居坐っているといえようか。「瞬間でありながら永遠を思わせるような重い光る瞬間」を求めて詩的感動にいのちを賭けて行った佐太郎という歌人は、つねに「悲」の感覚を底に保っていたようにみえる。いうなれば人間存在としては「悲の器」でありつづけたように、私には見えるのである。

9 「単純」ということ

「編年体」の意識

大方の「歌集」というものは、その作者が何冊か続刊すれば当然、大まかな流年順になるが、写実系の場合、しっかりと編年体を保つ歌集が多かったように思う。斎藤茂吉の第一歌集『赤光』は、最初発表の時は逆年順であったが、いまわれわれが読めるものは編年体になっている。その傾向を、佐太郎もまたしっかりと伝えて、どの歌集も一年ごとにまとめられて折目正しい姿を伝えている。前にも触れたように『帰潮』では小題をつけることをせず、塊ごとにローマ数字で仕切っているところが斬新であるが、おそらくは一首の独立性、あるいは発表時の「一かたまり」の作品群の発する独自性のようなものを意識していたのではなかろうか。

昭和二十三年という年は、すでに新しい憲法が生まれ、婦人参政権が女性に与えられるという、新しい雰囲気に満ち満ちた年であった。そしてこの年の六月、歌誌「歩道」は、今までのガリ版刷りから脱して、はじめて活版刷りとなった。佐太郎の門下には当時静岡にいた長澤一作、東芝に勤めていた山内照夫、同じく芝沼美重、千葉で高校教師になった田中子之吉、それに私などがいて、二十歳そこそこの若者が中心だった。少し遅れて川島喜代詩、菅原峻などが加わり、熱気に溢れていた。一日中歌会をしてなお、帰りには蕎麦屋の二階などで議論を闘わせて倦きなかった。それぞれ佐太郎に心酔し、その作風にあこがれ、「歩道」に連載されはじめた「純粋短歌論」を、あたかも自分の説であるかのように熱く主張し合った。あの熱気によって醸成された、一つの目標に向かって歩みつづけたその道を、私はいまだに歩みつづけている。その頃に会得した数々の信条も技法も、基本としては現代でも消してはならないものだ、と思うからである。

当時の社会派短歌、その後の前衛短歌、あるいはその後のライトバース短歌などなど、時代による勢力の消長は当然のことだが、社会の風潮に左右されない、人間の根源、生の感動を純粋に摑もうとしつづけた佐太郎の姿勢に、私は揺るぎない信頼を寄せ続けてきた。歌壇という面倒な場からは、無思想であるとか、主題がないとか、批判を浴びることの多い時期もあったが、現在、ふたたび佐太郎が見直されはじめているのは確かで、それは昭和二十三年に書きはじめられた「純粋短歌論」が、詩の根源に触れているからに他ならない。ここでその解説をする気はないが、『帰潮』の昭和二十三年という年に佐太郎ののこした短歌に触れる前に、当時の情勢を把握しておきたかった故に一筆した。

「単純」の意味するもの

この年の作には、秀作がきわめて多い。『立房』刊行の際に、昭和二十一年まではっきりと区切って、新しい歌を生みはじめた佐太郎の、二年目の充実がまざまざと見えてくる。多くの作の中から、題材の一つの特色ともみえる「風」と「雨」の歌をとりあげてみたい。

目をあけて聞きつつゐたり暗黒《あんこく》を開く風の音遥かよりして　(昭23)
四十歳になりし褻衣《せつい》は歩みをり疾風《はやち》しづまりしこの夕明《ゆふあかり》　(同)
なぎはてて限りもしらぬ暗闇《くらやみ》と思ひゐしときまた風が吹く　(同)

いずれもひき緊った姿をもつ三首だが、共に、昭和六十一年十二月発行の『佐藤佐太郎自選歌抄』に入っている。昭和二十三年の作で『帰潮』に収録されているのは百八十四首だが、『自選歌抄』にはわずか三十首が自選されている。それだけ自信のある作と思われる。

一首目は、夜の暗黒を押しひらくように遠くから風が近付いてくる遠い響きを、眠れぬ夜の闇に、じっと聴きとめている。「目をあけて」という何気ない初句の出だしの簡潔さ、つづいて「聞きつつゐたり」の表現で的確に時間の「幅」を伝えてくる。単に「聞きゐたり」ではないのである。「遥かより」の表現もまた「遠くより」ではない。語の選択がじつに周到である。

佐太郎は常に「単」「純」ということを教えた。現代歌人は「単純」というと、底が浅い、裏がない、イコールつまらない、と、それこそ単純に思い込んでいる人が意外に多い。しかし、「単」とは、率直、端的であること、不必要な修飾、レトリックは、本来の「詩」を穢すもの、という考えがそこにある。本質をつかむこと、端的に表現すること。「純」とはこれもまた、純粋な感性を意味している。余計なことはいわない。削り落とせるものはすべて削り落とす。そこに残る生の瞬間、一瞬の輝きに感応し、摑むこと。「純粋短歌」の決心は、その働きが無くては本然の抒情は生まれない、という確信の上に立っている。

こうして一首一首を辿ってみると、「単純」であることがいかに詩の本質を衝いているか、如実に浮かび上がってくる。「単純」とは、本来の詩人でなければ身につけることのできない純粋性、単一性を意味しているだろう。そうでなければ全く俗人のいう「単純」な言挙《ことあ》げになってしまう。佐太郎が「俗」を嫌悪した意味が、今更納得できるのである。

二首目の「褻衣」は、よごれた服、ふだん着のことだが、四十歳という節目の自らの姿を、離れた処から眺めているような、微妙な客観性が魅力である。現今ならば四十歳などはまだひよこ、といわれそうだが、昭和二十三年の四十歳には、かなり重い意味があったと思う。とくに雑誌「歩道」を活版にして、いよいよ新しい舞台をひらいた年でもあった。「疾風しづまりしこの夕明」の下句には、黙々と歩む作者の、人知れぬ重責を感じさせる。青山墓地下の家はどちらかといえば暗く、やや陰気な空気があったから、そこへ帰るまでの、墓原の冬の夕明りの中を歩む作者の姿はいっそう重い。若い弟子たちを抱え、妻子を抱え、しかし弱音は一切吐かない。無口な佐太郎の沈黙の厚味が伝わってくる。

ここでいう「四十歳」は、数え年である。『茂吉随聞』の昭和二十三年の項の最初に「先生数え年六十七歳、私数え年四十歳」とある。同じ年の後ろの方に、

ありさまは蓄思《ちくし》みづからの誕生の日を妻と子に祝福せしむ　（昭23）

の作があるが、佐太郎の誕生日は十一月十三日。従って、「四十歳」とはいっても満年令はまだ三十八歳の作である。私は十一月五日の生まれなので、先生と同じ誕生月なのがうれしくて、誰にもいわずにひそかに喜んでいたのを思い出す。佐太郎はいわゆるスター性のつよい人ではなく、寡黙で存在感のある人だったが、弟子たちは厳しいその先生に叱られるのがそのまま嬉しい、というような処があった。

話を前に戻すが、三首目の「なぎはてて」の歌もまた、一首目の「暗黒を開く風の音」を聴いているのと関連のある切り込み方である。

風が落ちて、遠くも近くもすべて周囲は暗闇と思っていた時に、又、風が起る、という「時の経過」がここにもある。一方で「暗黒」を使っているからか、他方では「暗闇」といい、しかも「限りもしらぬ」によって、その計り難い闇を表現する。しかしそれまただの「暗闇」の

存在ではなく、そこにはそれを感じている作者自身がいる。「思ひゐしとき」の一句で、「限りもしらぬ暗闇」を感受している生きた人間、作者の存在がしっかりと据えられている。「われ」とか「わが」ということば、つまり作者自身を示すことばが、佐太郎の歌にはほとんど出て来ない。

吾ひとりめざめて居ればぬばたまの夜さわだちて雨が降りいづ　（昭23）

などの例がいくつかあるが、必要不可欠の場合以外は、たとえば音調をととのえるために用いている場合は殆ど見当らない。

「われ」「わが」を用いることを注意された経験はないのだが、今回の稿を書いてみて、特に気付いたことの一つである。要するに、一言半句といえども、不要なことばは用いない、それが佐太郎の信念であり、つきつめた技法でもある、ということであろう。

「風」の把握

椎《しひ》の葉にながき一聯《いちれん》の風ふきてきこゆる時にこころは憩《いこ》ふ　（昭23）

「風」の歌は枚挙に遑《いとま》がないが、この作に出会った時の、ふしぎな感動を、私はいまも記憶している。椎の木は思いの他に重く暗い樹であるが、その葉群を吹いて過ぎて行く状態を、「ながき一聯の風ふきて」と表現している。ただ一連なりの風ではなく、「ながき」の一語によって、ここでも「時の経過」というか、「時間の幅」が的確に捉えられている。おそらく墓地を囲むように立つ椎の木であると思われるが、重く、ながく、風は過ぎて行くのである。その風を聞きとめている作者の心は、いつか平静になっている。ゆったりと呼吸している。若かった私がこの歌に心を奪われたのは、同じ風を詠うのにも、こうした的確でしかも目立たない表現をすることの大切さを知ったからだった。

その後しばらくして、また心を揺さぶられる作に出会った。

曇日のすずしき風に睡蓮《すいれん》の黄花《きばな》ともしびの如く吹かるる　（昭23）

「音のない」世界だ、と何故か私は思った。たしかに空間に風があり、ともしびのように吹かれている黄の睡蓮のつぼみがある。しかし、この「風」には音がない。前出の椎の葉の歌には、過ぎて行く風の音がある。しかし、この歌にはそれがない。何故だろう、とその時思ったのだった。今思えばおそらく、それは「ともしびの如く吹かるる」の下句に由来するのだろう。「つぼみ」と言ってはいないが、「ともしび」が吹かれているようだ、という表現からは、読者は当然、曇日ゆえに花を開くことのない、淡黄いろのつぼみを連想する。ろうそくの炎のように吹かれているのだから、荒風ではなく、梅雨空の下を吹くような、音のない風なのだ。「連想」を誘う、ということの、それも誤りなく伝達するという技法のみごとさを、改めて思うのである。

ことばの選択

くらしの中の自然現象を捉えた作としては、「風」の他に「雨」の歌もまた数多いのだが、ここでは次の一首をあげておきたい。

寝ぐるしき夜半《よは》すぐる頃ひとしきりまた衝動のごとく降る雨　（昭23）

ここにも直喩の「ごとく」が使われているが、「ひとしきり」という、時間の経過と限定を伴って「衝動のごとく」といっている。このつながりが、ことばの選択の厳しさと共に、その形容の確かさをいっそう深めているだろう。台風の前夜などに、こうした情況に接することは多い。が、それを「衝動のごとく」と言ってのける鋭さは、常日頃のことばへの深い傾斜と信頼がなければ、到底手に入れることのできない種類のものだと思う。歌壇では時に、佐太郎は職人とい う域を超えた、ことばの職人、と表現することがあったが、この「ことばの選択」は、職人という域を超えた、才能の冴えを感じさせないだろうか。天性の歌びとであったとしか、私には思われないのである。
この年の佳詠のいくつかを抄出しておく。

戦《たたかひ》はそこにあるかとおもふまで悲し曇のはての夕焼　（昭23）
キリストの生きをりし世を思はしめ無花果《いちじく》の葉に蠅が群れゐる
胡桃《くるみ》の実《み》川に落ちしがはかなごと思ふ沈めりや流れゆきしや
塩《しほ》のごと辛《から》き涙より出づる言葉ひとつありやと吾は待ちにき
魚のごと冷えつつおもふ貧しきは貧しきものの連想を持つ

こうして列挙してみると、規矩正しく、律調を崩さずにいながら、おそらくは人に見せない苦心が隠れているのだろうことは想像がつく。一語一語を大切に、しかも息づかいはむしろ平明なのだが、どこからとなく、悲愁の香りが立ちのぼるのである。

みづからの光のごとき明るさをささげて咲けりくれなゐの薔薇　（昭23）

については前に触れたが、これもまた、この昭和二十三年の作である。当時まだ戦災の名残のまざまざと残っていた東京である。戦時中は、薔薇など咲かせていたら「非国民！」と批難されかねない時代があったことを、もう全く知らぬ人がふえた。等々力《とどろき》の鈴木農園が薔薇園として復活したばかりの時代、ピース（平和）という名の新種の大輪の蔓薔薇《つる》に人気の集まった時代。天からの陽光を浴びながらも、自ら湧き出る光のようにかがやく薔薇の「くれなゐ」は、佐太郎の目差す新鮮な短歌の表徴であったかもしれない。

当時書き継がれていた「純粋短歌論」の中で、佐太郎は、言葉以前の感情、情緒に触れ、「瞬間的に継起する閃光として心を過ぎるもの、直観とも感情ともつかない生命の律動」を、原形的な詩として規定している。そしてその「感情の意味を感ずる」すなわち「直観の働き」について論じ、それは全精神の透徹力、洞察力、沈潜力を含む全意識、過去現在に集積した総《すべ》ての力がそこに働く、と言い切っている。それは感情の昇華であり、飛躍、転生であり、素朴な抒情とは別のものであるとも。そして、

「詩は火に於ける炎、空に於ける風の如きもの」という一語が誕生する。

10　火に於ける炎

炎と風と

「詩は火に於ける炎、空に於ける風の如きものである」

この表現は、佐太郎の「純粋短歌論」の中核をなすひとことである。いま手元にある『純粋短歌』の一冊は、宝文館発行の初版（昭和二十八年十一月十日発行、定価二百円）だが、その表紙の見開きページに、「火に於ける炎　佐藤佐太郎」の自筆サインが遺っている。佐太郎はしばしば「短歌とは技術である」と発言したが、その場合の技術とは、短歌という短詩型で表現する時の「切りこみ」「切りとり」「言葉の選択」などを直接・端的に行うことを、主として意味していたと、現在の私は理解している。

それに対して、「火に於ける炎」の一聯の表現は、「詩」そのものの本質を指していっている、と私は思っている。すなわち、「火」あるいは「空」というとき、それは一つの概念として人に伝わる。そのことばを契機として、人は共通の認識を持つが、「火」に対して「炎」とは何だろう。「空」に対して「風」とは何だろう。これらの名詞もたしかに一つの概念にはちがいないのだが、「炎」と「風」の共通項は、「手に捉えがたいもの」「変化して止まないもの」、すなわち「動態を摑むこと」を意味しているように見える。

この世に生きている人間の心を、形にならぬ何かの感動、衝動のようなものが通過して行く。その光る瞬間、重い断片を捉えて、ことばとして定着する。「瞬間」を「永遠」として刻印する。それが「詩」である、と佐太郎はいう。いわく言い難い心の揺らぎを、「ことば」によって「定着」する。捉え難いもの、すなわち、「火に於ける炎、空に於ける風」に他ならない。こうして「生」という「時の流れ」の中で、炎のようにゆらめき、風のように捉え難いものに真実の像を見、追究して行くのが、佐太郎の態度であった。

後になって私は「この世にて手に觸《ふ》り難きものいくつ碧落の風地上の炎」という作を得ている。碧落とは空のこと。全く佳作とも言えない一首だが、佐太郎の示唆したものの奥深さに気付いた時期のものである。

「風」の歌については前述したが、『帰潮』昭和二十二年の作には、

道の上にあゆみとどめし吾がからだ火の如き悔《くい》に堪へんとしたり　（昭22）

があって「火の如き悔」の形容が見事な形で生きている。寡黙の人であった故になお、佐太郎の怒りは時折、間歇泉《かんけつせん》のように噴出するのだが、この作の「悔」もまた、自らの憤怒に対する

ものであったのかもしれない。

東北人特有の口の重さが、鬱積した怒りを突如噴出させるような趣があり、弟子たちもつねに、怒気を含んだ短い言葉で、作品の欠陥を完膚なきまでに叩きのめされる。だからといって、それで閉口する弟子はなく、叱られるのは見込みがあるからだと、勝手に思い込んでは又、突進し、頭から否定されては引き下がる。佐太郎の歌風を慕って集まっていた人々にはかなり年長の人もいたが、私どもはまだ十九、二十という年頃だったから、先生の迷惑も考えずに押しかけては添削を願った。眼も上げられず、肩を窄《すぼ》め、緊張しつつ師の一言を待つのである。

歌会もまた熱気にあふれて厳しかった。ある雪の日、歌会で、皆から欠点を指摘され、帰途、雪の中を仰向いて歩いて帰った。瞼に触れる雪が涙で溶けて行く。涙って、こんなに熱いんだ、とはじめて知った夕ぐれの感触を、今でもありありと思い浮かべることがある。それによって私は、他からの批評に耐えることも覚えたし、自らの欠点を真摯に受け入れる修業もできた。おかげで、世の中に出て競争熾烈《しれつ》な放送界で生き抜くこともできたのであった。

佐藤佐太郎の重厚な沈黙と、その内部に燃えたぎつ「火」の存在を思うとき、「火の如き悔」の一語がいっそう際立って感じられる。そしてまた、同じ頃に、

魚のごと冷えつつおもふ貧しきは貧しきものの連想を持つ　（昭23）

うつしみの人皆さむき冬の夜の霧うごかして吾があゆみ居《ゐ》る　（昭24）

のように、正反対の「冷たさ」を捉えた作のあることも見逃せない。

坂下の家

昭和二十四年の春、佐藤佐太郎一家は再び家を移った。同じ青山だが、当時まだ都電の十番、神田須田町行きの電車が通っていた青山通りの五丁目。瀬戸物屋の角、赤いポストの立つ小路の坂を下って行った所に家はあった。その坂は一部石畳だったように記憶している。「墓地下の家」がこんどは「坂下の家」になった。広い板敷の洋間に、大きな机が置かれ、向こう側の椅子に佐太郎が腰かけ、こちら側に来客や弟子が坐る。まだ来客も多くはなかったから、始終出入りしては、先生の大切な時間を勝手に挘《むし》りとっていた。

ある時、いつものように坂を下って、左側の湿った土の庭に入ると、登山帽のような帽子を冠ったがっしりした体軀の男性と、対照的にほっそりとしなやかな小柄の女性が佇《た》っていた。何か戸惑ったような感じだったので声をかけると、はじめて佐太郎の許を訪れたのだという。別に先輩ぶったつもりもないが、私は「どうぞ」などと先導して、ガラス戸をひきあけて、机の前でむっつり顔で選歌をしている佐太郎に来客の旨を告げた。先年（平成十九年）亡くなった川島喜代詩、彩子夫妻との、最初の出会いだった。彩子夫人は私と生年月日がごく近く、同じ「さそり座の女」だったから、その後亡くなるまで、交遊が続いた。後年、「歩道」から分《ぶん》蘖《げつ》して「運河」が生まれた際、中心となった五人の男性たちをいつも巧みにまとめたのが川島氏であった。表面立たず、朗らかに笑いとばしてまとめてしまう業《わざ》を持っていた。自ら経営していた出版社「川島書店」が、主として心理学の本を刊行していたことと、いくらか関わりがあろうか。

さらに余談になるが、川島喜代詩は、結婚にあたって、お互いを束縛しないという、当時としてはまことに新しい形の「契約結婚」を宣言したことで、既に週刊誌などで世に知られていた。川島は浅草の帽子店に生まれ育った生粋の下町の江戸ッ子、彩子夫人は中央線沿線育ちのモダンな東京ッ子。その誤差を知った上での結婚形式だったのであろう。その後五十余年、まことにしっくりした御夫婦で、夫人は「運河」の事務の中心をずっと支え続けたのである。二人共に亡きいま、私にはこの地上が寂しくなった思いがする。川島喜代詩は私より少し年上なのに、入門が私より遅かったせいか、他の同人と異って、私に対しては、必ず敬語を使った。他の仲間とは「そうよね」「そうだよな」といった会話になるのに、川島氏に限って「そうですね」「僕もそう思いますよ」という返事の仕方をする。あげくには年下の私を呼ぶのに、皆が「さえこさん」と呼ぶのに対して、何と「あねさん」と呼ぶのである。下町っぽくて耳がくすぐったかったが、気持いい。「運河」の運営同人五人がうまく行かなかった時期には、「あねさん、野郎ばかりだと、どうもぎすぎすしていけないんですよ。会議に加わって下さい」と、創刊同人だった長尾福子さんと私との二人がしばらく緩衝剤になったこともある。いわば高倉健といった感じの（もっとモダンだったが）、格別に「男らしい男」。律義なのである。

ついでにいえば、佐太郎自身から呼ばれる時の呼称は、私に対してはいつも「ちょっと、君《きみ》」のよびかけだった。年上の松井如流氏（書家）とか長谷川進一氏（ジャパンタイムズ社長）などは「さん」付けで呼んでおられたが、ふつうは「君《くん》」付けで、志満夫人のことも「志満くん」だった（秋葉四郎氏と三枝昂之氏との対談では「おかあさん」と呼んでおられた、との記述がある。それは後年のことなのだし、ごく小さいことだが、「君」付けは佐太郎の性格を表わすように思うので一言しておく）。呼び方というのは、案外本質を具現しているような気がする。

この川島喜代詩は、表面に出ることを嫌うシャイな所があって、いわゆる売れッ子になることを避けて生きたが、その作は佐太郎の流《りゅう》を最も純粋な形で継いだ人であったと思う。時が来たら必ず再評価されるべき歌人である。

「貧困の縮図」の意味

『帰潮』が伊藤禱一氏の第二書房から刊行されたのは昭和二十七年二月のことで、まだ紙質も悪く、いわゆる四六判、内容は一頁三首組の二百三十四ページに、四年間の作品がぎっしり詰まっている。

前述のように、当時「第二芸術論」の標的として、短歌は文芸評論家たちから激しい攻撃を受けていたが、それに立ち向かって、佐太郎の作品と「純粋短歌論」が成立していった時期である。その意気を心に深く秘めながら、相変らず佐太郎は寡黙であった。昭和二十三年の作品には、気魄のこもった充実した歌が数多いが、昭和二十四年に到ると、作品の方向がいくらか色を変えて来ているようにみえる。

『帰潮』の後記の「私は観念的、模型的操作によらずして、体験に即して真実を表白しようとし、期せずして戦後の生活を『貧困』に縮図したのであつた。然しかう言つても、私の歌には事件的具体といふものは無い。短歌はさういふものを必要としないからである」という言葉は、当時の佐太郎の方向を如実に示している。今思えば、敗戦後一年余の昭和二十二年一月からの作歌が『帰潮』の根幹となっているのだ。誰もが旧秩序から解放され、新しい秩序を探りながら日々を消化していた。誰もが貧しかった。

貧しさに堪ふべき吾はもだしつつ蝌蚪《くわと》ある水のほとりを歩む　建長寺にて（昭24）
家いづる勤《つと》めを持たず黙《もだ》しをり夕べとなりて草光るとき（同）
かたはらに猫が毛をなむるかすかにて貧しき音をあるときは聞く（昭23）
貧困にしてかくのごとあり経れば妻にいきどほる事さへもなし（昭24）

貧困を詠った作がいくつもある。しかも佳詠である。『帰潮』の底を支えたのは、しかし、ほんとうに「貧しさ」という主題であったのだろうか。生活の貧困を常人以上にまともに引き受けていたのだろうか。当時その生活を眼近に見ていた私は、この年齢に至って、むしろ「貧困」とは、現実の生活的苦労を示していたのではないのではないか、と思うことがある。

長女の肇子さんは相変らずピアノを弾き、やがて難関の芸大附属の高校からピアノ科に入るほど優秀であったし、次女の洋子さんもいずれフルートの特訓を受けるようになる。手伝いの人が住み込んでいた時期もある。多くの旅行もしている。当時さかんだった左翼系短歌の社会詠で強調されがちだった「貧困」の生活相とは全く別物だった、と考える方がむしろ納得がいく。よく読み込んでみると、「後記」には、「観念的、模型的操作」を排し、「期せずして戦後の生活を『貧困』に縮図したのであつた」（傍点筆者）とあるのだ。短歌に賭ける覚悟には、並々ならぬ勇気が要る。それを実行するため、佐太郎は定期収入の保障を自ら拒み、短歌一筋に打ち込んだのである。そして、生活の実体を失いたくないから、といって、移居して間もなく、庭に鶏舎を建てて鶏を飼った。一時は百羽ほどが飼われていて、時には佐太郎自身、手にした籠にとりたての卵をいくつも入れて鶏舎から現われることもあった。

満腹《まんぷく》になりし鶏のひなの声その平安《へいあん》はわれにも聞こゆ　（昭24）
霜どけのうへに午前のひかり満ち鶏はみなひとみ鋭《するど》し　（昭25）

しかしその養鶏業もじきに廃業している。

もうひとつ、昭和二十四年には、「旅行詠」が非常に多いという特色がある。一月霞が浦桃浦、四月岡山鴨方《かもがた》、鷲羽山、四国、別府、長崎、五月田沢湖、そして秋には鹿児島寿蔵、橋本徳寿、長谷川銀作、木俣修の四人と共に、那須、塩原、日光に遊んで、それぞれ旅行詠をのこしている。すでに前歌集『立房』において、北海道の昭和新山や摩周湖、弟子屈《てしかが》など多くの作をのこしているので、特に『帰潮』に旅行詠が多いとは言い切れないのかもしれない。が、私自身のよみこみから見ると、佐太郎の真価をそこに見ることはやや難しい気がする。

実際『帰潮』の昭和二十四年の収採歌百三十五首（初版）の内、佐太郎自身の選んだ『佐藤佐太郎自選歌抄』にピックアップした歌は、二十三首に過ぎず、その内、旅行詠は僅か四首に過ぎない。この年の作が、前年の凝縮からやや息が緩《ゆる》くなっているのは、「坂下の家」への移居や養鶏が影響しているのか、あるいは次々に「旅行詠」を生んでいることに関わりがあるのか、よくは判らない。しかし、創作のために自らを「貧しさ」の「意識」に追い込んだのではないか、という想いが、折々私の心に萌すのを否めないでいる。

「寂寥感」への転化

また、転居や旅行のために、この年度の秀作は他年度よりいくらか少ないように、私には感じられる。しかしそれも、初冬に入る頃には再び、次々に秀作が生まれてくる。

地《つち》ひくく咲きて明らけき菊の花音あるごとく冬の日はさす　（昭24）

この切りとりの鋭敏さはどうだろう。「明らけき」というのだからおそらくは白菊、それも小菊であろう。「地ひくく」が、そのまま作者の位置と視線を感じさせる。それを照らす冬日の光のありさまを「音あるごとく」という思いもよらぬ聴覚的比喩で表現する。

貧しさに耐《た》へつつ生きて或る時はこころいたいたし夜《よる》の白雲《しらくも》　（昭24）

ここでは「貧困」がみごとな形で昇華するに至る。「或る時は」の緩い気息を間に挿んで、「こころいたいたし」の三音五音の八音の字余りがじつによく利いている。その上で「夜の白雲」という背景が一気に作者の視線と、真闇ではない晩冬の空の暗さを伝えてくる。「夜の雲」なら誰でもいうであろうが、「夜の白雲」の表現は、佐太郎独特の切りとり法である。暗黒の空でもなく、暗い雲でもない。空はおそらく都会の光の拡散のなかで淡い光を保っており、その故に雲は「白」いのである。たぶん厚くはなく、薄雲であろう。何か重たるくなくて、清浄感がある。

街上のしづかに寒き夜の靄《もや》われはまづしき酒徒《しゅと》にてあゆむ　（昭24）

この年の最後は、この歌によって結ばれる。佐太郎の酒の歌は、初期の歌集『歩道』の中にある「電車《でんしゃ》にて酒店加六《しゅてんかろく》に行きしかどそれより後は泥《どろ》のごとしも」の一首が名高く、現在でも酒好きの歌人たちの中では愛誦歌の一つとなっているが、この時期にもかなり酒の歌は多い。しかし、同じ酒の歌の中でも、この歌はどちらかといえば自己客観の強い面が表われていて、どこかに寂寥感があると思う。「しづかに」「寒き」「まづしき」とごく一般的な形容を重ねながら、そこに現出される作者の姿には、もう一人、それを眺めている作者を感じさせるのである。短歌表現上、佐太郎は決して溺れないのである。「街上」という固い漢語系の名詞が「酒徒」の語と響き合い、形容詞、副詞の一般的語感は、それによって精巧に磨き上げられる。最後を「あゆむ」と結ぶことで、作者の姿がしっかりと伝わってくる。これが佐太郎のいう表現の「限定」の例であるともいえる。佐太郎は「表現の技術とは限定である」と明言する。そしてこの作には、寂寥を直視する佐太郎の姿がはっきりと見えている。「貧困」はここに至って清浄感のある表現上の「限定」としてみごとに人間の寂寥感を浮かび上がらせるに至るのである。

なお、一言付け加えれば、これらの心に沁みる作は、昭和二十四年の晩秋、初冬から歳晩にかけて生まれていることにも注意したい。臆測に過ぎないかもしれないが、十一月の誕生日あたりからの作であることは、佐太郎が本来の自らを確認し直す時期であったのかもしれない。何かの鬱屈、たとえば妻との言い争いなどを含めて、それを乗り越えた時期を想定できるのである。そして次の昭和二十五年、更に佐太郎はその歌境をいっそう深めていく。

11　孤独な闘い

個の確立

『帰潮』昭和二十五年の作品群に踏み込むところまで来て、現在の私は、不意に不安に似た気分の萌してくるのを無視できないでいる。一つは、終戦後七十年近くを経たいま、当時の佐藤佐太郎の作品を私なりの視線で解読して、現代の読者にいかほどの意味があるのか、という疑問である。短歌は解読するものではなく、心に響くものであるはずではなかったか。佐太郎が身を以て後輩の私どもに伝えようとしたのは、作品の解読ではなかったはずである。実作に即して、短歌を作る際の、決して譲ってはならない精神、作歌の真髄ではなかったか。

たまたま或る歌会で、いくら伝えようと試みてもなかなか通じることのない作歌の精神——それは佐太郎からしばしば激しい怒りのことばを浴びながら身につけたと私は感じているが——それを感じ取り、取り込むことへの意欲が、現代にはもう薄れて来ているのではないか、戦後の厳しい状況を切り抜けて来た世代の人間としては、言うだけムダなのではないか、という絶望感に襲われた一瞬が私にはあった。

明日を生きるために今日なすべきこと。それを考える日々である。それは、戦後のあの厳しい日々に近い感触がある。虚しい、と思うのは一瞬の私の弱気であってほしい。伝えるべきことは、後進に伝える義務が、私にはあるだろう。あの戦後、まるで勝ち誇ったように、思想性、生活感、階級闘争を先駆性だとして云々していた歌人群のなかで、なぜ佐太郎は「純粋短歌」ということを考えたのか。なぜ派閥や階級闘争に捲《ま》き込まれず、自らの感性を磨きつづけたのか。孤独な闘いをつづけたのか。

解読の虚しさを抱えながらなお、私はこの稿を書き継ぎ、佐太郎の精神を伝えようとしつづける他はない。

戦後の左翼運動のさかんだった頃、また安保闘争に若者たちが明け昏れていた頃、佐太郎の態度は常に一貫して揺るがなかった。例えば歌人たちが政治的に賛同を表明するような際、佐太郎は決してそれに加わろうとしなかったし、歌壇の中で特に声を大にして何かを主張することもなかった。むろん、当時佐太郎を中心に集まった熱気に満ちた青年たちは、グループとしての相互研鑽に明け昏れていたが、自己の行動基準は自由で、お互いに仲間を募るようなこともない。今思えば、「個」の尊重が行き届いていたのであり、それは佐太郎の姿勢に倣ったものであった。

戦時中、右向けといわれれば右を向いていなければ「非国民」と糾弾された時代。それが過ぎると百八十度転換して、「米よこせデモ」をはじめ、集団が左傾して、赤旗が世上を席捲《せっけん》した。右から左へ。集団に加わり、精神の昂揚を体感しているだけで、安心感を持つ人も多かったろう。しかし、集団的行為に疑問を持つ者もあった。若かった私もそうだった。私は今も、列に並んで待つことに恐怖を持つ。「列の恐怖」と称しているが、メーデーなどの規制された行進、大球場に入るための入場券を買う列、バーゲンセールの開店を待つ人の列、すべての「列」が怖い。だから安保闘争の列にもあえて加わらなかったし、並んでまで店に入ることもない。集団による一方的な統一性のようなものに、なじめない。

私は、主筆を務める「星座」や研修誌「星座α《アルファ》」の会員たちを集団とは思っていない。だから、入会退会は自由だし、「結社」とは呼ばない。短歌の精神を学ぶことに関しては厳しいが、それぞれが「個の確立」をたしかなものにすることを目標にしている。短歌という詩は、「個の文芸」であると私は思っている。それを悟ったのは、先師佐藤佐太郎のおかげだった。

「生」のリズム

『帰潮』昭和二十五年には、次のような秀歌がつづく。

幼くてめしひし鶏《とり》は晩春のこの日頃卵うみつぐあはれ　（昭25）

涓滴《けんてき》はあひだを置きてしたたりぬなべての過ぎし思ひこそすれ　（同）

夜の蛾を外に追ひしが闘争はかくのごときにも心つかるる　（同）

人が生きものを飼うとき、いつも何かの悲哀がつきまとう。生活の実体のなくなることを怖れて養鶏をはじめた、という佐太郎であったが、実際にはほとんど生活の役には立たなかったはずの鶏の歌は、佳詠のいくつかを残してこの年あたりで終結する。

鶏はめしひとなりて病むもありさみだれの雨ふりやまなくに　（昭25）

こもごもに餌を欲りて鳴く鶏のこゑを楽しとかつても聞かず　（同）

夏の日のかがやく庭の鶏舎より声とげとげと鶏が鳴く　（同）

鶏を素材にしながら、佐太郎の表出するものは常に「私」であり、「個」なる作者である。一首目は実態をさらりと表出しながら、梅雨期の作者の心の憂鬱がにじみ出る。心象を言わないだけ、無言にちかく暮らす佐太郎の表情が見える。「病むもあり」の三句止めの、口ごもったような音感が、その状況をさりげなく伝えてくる。

二首目をみれば、佐太郎の当時の心境も読みとれるというものだ。鶏の声をきいていること自体、つらくなって来ているのだろう。そして三首目には「声とげとげと」という感受が示される。養鶏はじきに破綻し、しばらく後には鶏小屋もなくなった。鶏のいなくなった小屋の金網に、抜け落ちた白い羽毛がひっかかったまま、風に揺れていたのを覚えている。自ら「生活の実体」を消してしまう佐太郎は、何を求め、何をその作品の根本に据えようとしていたのだろう。

「純粋短歌論」が次第に深まって行く中で、佐太郎は『帰潮』の後記の中で、「表現は限定する事」「限定された直観像即ち詩的感動は、生のリズムとして意味に満ちてゐる」といい、「概念的に抽象し証明することの出来ない」「いはば意味なきものの意味に満ちた瞬間と断片との裂目から人間性の奥底とか生命のニユアンスとかいふものを見るのが抒情詩としての短歌である」と記している。

そしてそれを受けて更に、「この重い断片、光る瞬間は、いはば新しい『発見』である」といい、「感動はもともと言葉を持たないのを、生のリズムさながらに流露せしめるに言葉を以てするのが詩」と断言する。

佐太郎は一種の「孤高の人」であり、「沈思の人」であった。その黒眼がちの瞳は、いつも遠いところを見ているようにみえた。

所詮、「歌壇」という場所で、皆と集まって何かをするというのには決して向いていたとは思われないのである。この「純粋短歌」の考え方も、当時世をゆり動かした「第二芸術論」や、組合優先の闘争、「思想」という名で大衆を捲き込んだ生活闘争の在り方とは、次元を異にしていた。大衆闘争の盛んな中で、「個」の確立など、全く無謀な時代であったことを、改めて考えさせられるのである。しかし、佐太郎はそれをやってのけた。外からの「思想がない」などという批判はどこ吹く風。佐太郎は自らの文体をしっかりと確立しつつあった。

いのりの如く

しづかさのうちに憩ひの伴はぬ夜の畳に蟻を殺しつ　（昭25）
うつしみは漂ふごとく眠らんかよもすがらなるさみだれの音　（同）

社会現象に関わりなく、一人の人間としての「生」をこまやかに直視する作がいくつも生まれる。時代性とか社会性とか思想性とかいわれるものと無縁に、じっと自己凝視をつづける作者である。しかし、時代性、社会性、思想性が全くそこには無いのだろうか。今の世から読み直してみても、そこには戦後五年目を生きる人間の、はっきりした視線があり、詠歎がある。しかも時代が変ってもなお、読者の共感を呼ぶ普遍性がある。

そしてその頃、秀歌として次の一首が生まれている。

桃の木はいのりの如く葉を垂れて輝く庭にみゆる折ふし　（昭25）

この作は佐太郎の代表歌の一つともいわれ、「如し」の直喩の多い佐太郎短歌の中でも、この直感的な喩は、同感する人が当時から多かった。実際、坂下の家の庭には桃の木があって、桃の葉はふしぎにみな垂れるように茂るのである。この歌は六月の作だが、翌月には「つゆあけとなりたるかなや桃の木は暑き光に葉をみな垂れて」があり、その両掌を下に向けて手を合わせるような形態を、同じく「葉を垂る」の語で表現している。桃の葉の形態を、言語表現として「葉を垂れて」に集約したこと自体、「新しい発見」であろうが、そこに「い、の、り、の如く葉を垂れて」という直喩の加わった前出の歌は、言いがたい細くて重い語感を伴って読者に迫ってくる。

この深い悲しみを伴ったような語調は、どこから来ているのだろう。

この歌が『帰潮』昭和二十五年Ⅳの項に、次のように並んでいるのに注意したい。

忽ちにして迫りたる戦ひを午後に伝へし日のゆふまぐれ　（昭25）

空間のなみだつごとき気配して起きゐたる六月二十六日の夜

うつしみは現身《うつしみ》ゆゑにこころ憂ふ笹の若葉に雨そそぐとき

砲弾の炸裂したる光には如何なる神を人は見るべき
桃の木はいのりの如く葉を垂れて輝く庭にみゆる折ふし

朝鮮戦争である。永い戦争を苦しみ凌《しの》いで来た日本は、敗戦という屈辱に耐え、生き延びた。ようやく終った戦い。多くの人を失い、耐え、やっと戻って来た平和の日常から、まだ五年と経ってはいないのである。佐太郎にしては珍しく、時事を詠じているが、それだけ、つよい衝撃であったにちがいない。「うつしみは現身ゆゑにこころ憂ふ」と表現した裏には、戦時中に遇った東京大空襲、茫漠とした焼野原《やけのはら》、その中から再び糀谷の家、墓地下の家、坂下の家と移って来た佐太郎の履歴が連想される。抗い難いものへの、人の生のはかなさ。戦後の東京で、

戦《たたかひ》はそこにあるかとおもふまで悲し曇のはての夕焼　（昭23）

と歌った佐太郎にとって、戦争は悲劇としか言いようがない。「権力」に対しての反駁《はんばく》は、

拳銃はつとめの故に帯ぶといへど「一切の者刀杖《たうぢやう》を畏《おそ》る」　（昭25）

などにも見えていて、決して世の動きに無関心なわけではないのだ。

朝鮮戦争によって、アメリカの基地化した日本は、一気に経済的な復興を果たしたが、佐太

郎は非人間的な「戦争」を忘れない。人間の「生」の意味を、ひとり、心に深く、沈黙の中で想い、小さな詩型にのせて表現しようとする。スローガンのような反戦短歌とは、根本的に異っている。この行き方、否、生き方を、私は今でも見事だと思っている。歌にこもる悲愁の味わいは、一見したよりももっと重く深いのである。

ことばの響き

秋分の日の電車にて床《ゆか》にさす光もともに運ばれて行く　（昭25）

佐太郎はよく「ことばの響き」ということを言った。「息づかい」ということも。この作などは、声調がゆったりしていて、また、音韻の流れが快い。きざみの細かい、あるいはぎしぎしするような作を佐太郎は嫌った。上から下へ、すっと通っているのが歌としては良いのだ、ともいった。たしかにそうなのだが、実際には、そう簡単に一本すっと通った歌など、できるはずもない。はずもないが、理想はそこにあるだろう。朗々と読み上げられるような歌が、佳い歌、本来の「うたう」歌なのだと思う。現代のように「歌を書く」のではなく、「歌う」すなわち音楽性を具えた歌が、本来の「歌」である。

佐太郎は短歌の「型」の持つ美しさをできるだけ保ったし、私どもにもいい加減な表現に許さなかった。定型を崩すのは、どうしてもそうしかできない場合、十二分の推敲をしたのちの結論がはっきりしている場合に限られていた。現代では定型に近付ければ短歌だという考えが平気でまかり通っているが、佐太郎の訓練を受けた者としては、この「定型」を生かすこと、いのちを吹きこむことを、そう簡単に諦めることはしないし、してはならない、と肝に銘じている。工夫もしないで字余りや破調に平気でいられること自体、私には恥ずかしい。破調を生かす場合は、そうでなければ納得できない時に限っている。そうした眼から見ると、この歌のゆったりとした調べは、たしかに心の平安を読者に伝えてくると思う。

銀行のとざす扉《とびら》に人倚りて日を浴《あ》みゐたりこの路傍の観
わが来たる浜の離宮のひろき池に帰潮《きてう》のうごく冬のゆふぐれ

『帰潮』の最終部分に置かれた二首である。作は昭和二十五年の初冬のころの詠であろうが、共に完成度の高い作品である。たまたま二首ともに名詞止めである。とくに一首目の「この路傍の観」という漢語脈の結句が分厚い骨格を具えていて、初句から四句までの、簡潔でくっきりした街の情景をしっかりと支えている。むしろ映画の一シーンのような、あるいは舞台の場面設定のような、一種の劇場型の奥行きを感じさせる所が新鮮で、はじめて読んだ時に一遍で覚えてしまった。記憶できる歌、というのはそのまま秀歌であるといってよい。

二首目は浜離宮での詠であるが、ここでは上句ののびのびとした調べに対して下句の「帰潮のうごく」に工夫が凝らされており、とくに「帰潮」の語と「うごく」の動詞を用いている的確な語の選び方には、独特の感覚が生きている。他の人には真似のできない「天性」のことば選びのセンスの良さがあるだろう。

12　地表の沈痛

生の追究

前述のように、歌集『帰潮』は、戦後の厳しい環境の中で、しかも「第二芸術論」などによって激しい短詩型否定論を浴びながら、ひたすら「短歌とは何か」を追究し、自らの「生」を見つめた結果の、「純粋短歌」の結晶体でもあった。

歌集『帰潮』の刊行は昭和二十七年二月（第二書房）であったが、世評も非常に高く、その五月には第三回読売文学賞を受けている。私にとっては、そこに展開されている作歌期間、かなり間近に接していたこともあって、現在でも、全十三冊（没後の一冊を含む）の歌集の中で、最も好きな歌集である。寡黙な中に深く己れを見つめ、生活さえ犠牲にして〝詩〟を追究したその精神に、今更ながら改めて心打たれるのである。

戦後の苦しさは、物質的にも精神的にも厳しいものであった。戦後の思想転換の嵐、価値観の逆転、焼野原《やけのはら》の東京に生きて行くことの難しさなど、今は断片的な思い出話にすぎないが、敗戦を機に、あらゆるものが解放され、よくもわるくも、混沌の中に人は生きなければならなかった。その中で「ひとり行く道」を選んだ佐太郎だった。佐太郎の寡黙は、東北人特有の口の重さがあるにせよ、ひと言ひと言に重厚な力があり、歌そのものには透徹した視線がある。歌集『帰潮』は、佐藤佐太郎が四十歳にして到達したひとつの完成品であるように、私には感じられる。

なよなよとせる女性語

『帰潮』が世に出た昭和二十七年より以前の、昭和二十六年一月からはじまり昭和三十年暮までの作品を編んだ集が、第六歌集『地表』である。この歌集もまた『帰潮』の厳選主義に準じて、ローマ数字での区切りが施されているが、小題をつけていない『帰潮』に対して、区切りのローマ数字の下に短い表題がついている。「I　冬日」「II　春疾風」「III　立山山頂」のごとく、一くくりの小題で、いくらか連作風の主題、あるいは素材でまとめられている感じがある。といっても、十首以上のまとめは珍しく、多くは五、六首、時には二首のものもあって、「一首の独立性」を重視する佐太郎らしい選択と配列もまた、鑑賞の対象として大切であろう。

開巻一首目に次の歌がある。

なよなよとせる女性語《ぢよせいご》を聞かずして大寒《たいかん》の日々家ごもりけり　（昭26）

この歌については他からの解説も評も眼にしたことがないのだが、この歌を開巻一首目に置いた意図は何だったのだろうか。むろん、作歌の成立順といえばその通りなのであろうが、まとまった歌数を発表する時の神経の遣い方は、作歌者なら誰しも経験するところである。実際、昭和三十年以降、総合誌に発表する機会のふえた筆者に対して、折々助言された佐藤先生のことばの中には、「一首だけで鑑賞できる独立性をもつこと」「底流として、表現したいテーマ（主題）があるのがいい」「全体に起承転結のあるのは当然のこと」などの教えがあったのを思い起す。

ところで「なよなよとせる女性語」とは、何を言っているのだろう。昭和二十八年のはじめの方に、もう一つ「なよなよと」が出てくる。

行きずりに見ればなよなよと金魚群れ水盤の水動くたのしさ　（昭28）

この「なよなよと」は群れる金魚の姿態、あるいは揺れる尾の様子であろうけれど、当時の「語感」に厳しかった佐太郎が「なよなよと」にこだわった意味を知りたくなってしまうのである。

「女性語」ということばも珍しい。たしかに男女共学以前の世相では、男性のことばははっきりとして強く、女性のことばは控え目でやさしい、というのが一般的であった。それをあえて

「女性語」ということばで表現したことにも、工夫があるはず、と思ってしまう。

私的なことを云々する意図は全く無いが、『帰潮』の受賞あたりから、佐太郎の生活にはかなり余裕が生まれて来た。昭和二十六年には『長塚節全歌集』(宝文館)、『短歌入門ノオト』(第二書房)、それに『斎藤茂吉秀歌』(中央公論社)の編集、解説などをこなしており、『斎藤茂吉全集』の編集など、編集者としての実績を買われての仕事もふえていたが、一方では性格のしっかりした夫人との間には、感性的な軋みが生じることが間々あった。

志満夫人は、先にも記したように、福岡出身、東京女子大出身で、思ったことはずばずば言い、行動力もあったから、佐太郎にとっては、いわば強力なプロデューサーでもあって、夫人無くしては佐太郎ブランドの確立は難しかったかとも思われる。このことが後に「歩道」が分裂して「運河」の創刊に至る裏舞台にも影を引いた。それはともかく、その当時を知っている者にとっては、この歌の裏には、夫人との対立があっただろうという想像を生むのである。

霜どけのなかに乾ける石ひとつ争《あらそ》ひののち吾の見てゐる　(昭27)
隣家より庭をへだてて声きこゆ吾が争ひのこゑも聞こえん　(昭28)
争ひの声といふとも孤独ならず鮭《さけ》の卵《たまご》をかみつつ思ふ　(同)

佐太郎はどだい、外で競争して働き、家に帰って巣に安らぐといった、一般的生活には到底なじめない人であった。夫人は佐太郎の才能に心から惚れ込んでいたのは明白で、神経を太くしていなければ、とても佐太郎と共に暮らすなどということは出来なかったろう。失礼を顧みずに言えば、実際、夫人はなよなよ型の発言のできる性格ではなく、真正面から夫を言い負かしてしまう。時に爆発的な怒りを表わす佐太郎だったが、それにも負けてはいない。沈黙してしまうのは佐太郎の方である。その争いの真只中に、私がいることもあったし、他の弟子たちも始終目撃したと思う。お互い、悪意があるわけもなく、大抵は「おとうさん」と呼びかけられる佐太郎が沈黙して、事は了《おわ》るのである。

こうした生活の中で生まれた歌を、厳選した歌群の中に入れることからして、佐太郎の短歌に対する姿勢を読みとることができるだろう。「争ひ」と表現するそのくらし自体、人間としての佐太郎の真剣な「生」なのであり、人間独特の「生の寂しさ」を把握するきっかけでもあるのだ。

「なよなよとせる女性語」は、むしろ声の太く、語勢もつよい夫人の対極としての表現ではないか、というのが、当時近くにいた筆者の臆測である。むしろ「なよなよ」の嫌いなはずの佐太郎であり、豪快な男性風の夫人の語調が、その裏にあるのではないか、とも思うのである。

なお、この一首を、佐太郎は、『佐藤佐太郎自選歌抄』には自ら選んで載せている。『地表』昭和二十六年作の五十六首の内、十五首を選んだ中に入っているので、作者の気に入っていた一首だと思う。しかし、歿後の『佐藤佐太郎歌集』（岩波文庫　佐藤志満編　平成三年）には外されている点も参考にしたい。

直なる雨は芝生に沈む

階《かい》くだり来る人ありてひとところ踊場《をどりば》にさす月に顕《あら》はる　（昭26）
肉親を負ひてあへぐといふ意識相対にして子等さへも持つ　（同）
秋彼岸《あきひがん》すぎて今日ふるさむき雨直《すぐ》なる雨は芝生《しばふ》に沈む　（同）

これらの作品は昭和二十六年のもの。

一首目の切りとり方の直截的《ちよくせつてき》なのに改めて瞠目する。一、二句は句割れでありながら流れに無理がなく、三句目の「ひとところ」の挿入句が極めて巧みに利いている。「くだり来る人」と「踊場にさす月」「に顕はる」のつなぎ目に全く無理を感じさせない。不要な語句は一つもなく、言うべきことはすべて言い切っている。しかも息づかいがしなやかで、情景がくっきりと顕つ。佐太郎調というのがもしあるとすれば、この一首の構成などはその見本の一つだろう、と思う。

二首目は、前項のような家の中で共に棲む子どもたち、姉は幼いころからぬきんでて美しくまた才能に溢れ、妹は温く無口で、あまり揺らがない。対照的で、父君の性分を二分したようなところがあった。この歌の生まれた頃は、姉妹の年齢は十一歳と九歳程である。佐太郎の性質を継いで感応力のつよい子供たち。二人は佐太郎を「おとうさま」と呼んでいたが、一時夫人が福岡へ帰ったまま戻って来なかった時期もあって、そのような背景があって生まれた歌なのかとも思う。そういう場合であってもなお、激しい表現や生硬なことばをとることのないのが、いかにも佐太郎らしいところなのである。すなわち、いかなる場合でも、言いっ放しという表現をすることがない。つねに志しているのは、真の意味での〝詩〟であり、人間の喜怒哀楽は生の証しとして磨き上げられた一首となる。くらしの中の歌であっても、決して俗調に堕さないのはその故である。

三首目は名歌として再々とり上げられる作である。上句「秋彼岸すぎて今日ふるさむき雨」は、言い足りない所がなく、かつ言い過ぎている所がない。時の流れを切り取って的確にその背景を描き出した上句は、下句の発見の新鮮さを一層鮮やかにする。一句、三句共に名詞止めながら流れがあるのは、二、三、三、二、二、三、二、という小刻みなリズムに、秋の雨の様子を音感的に捉えた感覚があり、下句の四三、四三、のリズムはすっきりと読者に伝わってくる。おそらく無意識なのだろうが、ことばのリズムが波動のように伝わってくるのである。又、「さむき雨」と上句を切ってすぐに「直なる雨は」と「雨」を二度使っているのも、ふつうならうるさくなり易いところを、これでなければならない形で重ねている。結句の「芝生に沈む」がこの歌の大きな見所であるのは言を俟《ま》たない。まっすぐに降る寒い雨、それは芝生を濡らすのでもなく芝生の上に降るのでもなく「芝生に沈む」のである。この種の把握の鋭敏さは、他の誰も真似できない。生来の感性というべきものであろう。

『地表』の漢語脈

佐藤佐太郎が生涯師と仰ぎ、ゆるがぬ敬愛を捧げた斎藤茂吉の逝去したのは、昭和二十八年二月のことだった。

この年にはまた、一方の雄であった釈迢空（折口信夫）の死去があり、まさに「二巨星堕《お》つ」という感慨を戦後歌壇にもたらしたのであった。とくに斎藤茂吉の逝去に関しては、佐太郎はその短歌への出発以来、一貫して茂吉の歌風、歌論に傾倒して来たのだから、その悲しみもまた深いものがあったにちがいない。しかし、それについては、その死を悼む七首が残るだけである。むしろ、日々に弱って行く恩師の様子を綴った『茂吉随聞』に、死に至るまでの茂吉大人の言行が詳細に記されている。が、晩年、徐々に衰えて行く茂吉大人に関して、昭和二十六年で記録の清書をすっぱり打ち切っている。そのあたりがいかにも佐太郎らしい配慮である。また、時代がまたたく間に移っていき、短歌もまたどんどん変って行くことを、茂吉のことばによって写し取っている項もあって、佐太郎の覚悟はすっきりと極まっていたことが読み取れるだろう。

この年には十和田湖などの旅行詠が多く、取り立てた秀作がそれほど見られないのは、『帰潮』受賞以来の歌壇的な多忙や、毎日新聞の歌壇選者などの仕事、家の増改築などの身辺の事情にもよると思われる。しかしその中にも、

水の層また水の層透明に青くかがやく潮《しほ》うごきつつ　（昭28）

などの新鮮な発見と表現の工夫があって、読む者を立ち止まらせる。

二階家を建てて聞こゆる街の音おどおどとして住みつかんとす　（昭29）
夕餉《ゆふげ》にておもひまうけぬ悲しみのきざしつつ牡蠣《かき》のむきみを食へり　（同）
ほこりあげて春のはやちの凪《な》ぎし夜《よる》妻も子も遠しわが現《うつつ》より　（同）

昭和二十年代の終わりの年。心の孤独、言いがたい寂しさが、作品の内奥からにじみ出してくる。このころ添削の際にいわれたことばに、「寂し」「悲し」などはできるだけ使わないこと、という条項があった。それでも使うと「甘いな」「平俗だな」と一言の下に却下。今思えば、まだ二十代の私が、そう易々と「さびし」とか「悲し」とか言えるはずもなかったのである。

もう一つ、「見えないものを見る」ということばがあった。

しづかなる象《かたち》とおもふ限りなき実《み》のかくれゐる椎《しひ》も公孫樹《いちやう》も　（昭29）

要するに、ただ表面を眺めていても歌は生まれないのである。「ものの本質を摑む」ことでもあるだろう。その秀れた例が「地表」の小題にも見られる機上詠にはっきりとよみとれる。

鉄のごとく沈黙したる黒き沼黒き川都市の延長のなか　（昭30）
明かに眼下に見えて生動の具体なき地表移りつつゆく　（同）
北上《きたかみ》の山塊に無数の襞《ひだ》見ゆる地表ひとしきり沈痛にして　（同）

引き緊まった語調が新鮮な印象を呼ぶ。ひとつには漢語脈を多用しているところに特色もあろうが、一首目には「沈黙」「延長」、二首目には「眼下」「生動」「具体」「地表」、三首目には「山塊」「無数」「地表」「沈痛」と、漢字の熟語が並んでいる。当然、当時親しんでいた漢詩文の影響もあるのだろうが、ここまで漢字単語を多用するには、明らかな意図があったと思われないだろうか。

これは一つの表現上の実験であったのかもしれない。とくに「山塊に無数の襞」を見て取ったとき「地表ひとしきり沈痛にして」と心情を表現した佐太郎には、一つの大きな手応えがあったにちがいない。それゆえにこの歌集はためらいなく『地表』と名付けられたのであろう。私の印象では、佐太郎自身は『帰潮』の時のような、到達の満足感を持ったようには思われなかった。むろん、気に入らないまま人目にさらすことなどあり得ない人であったが、偶々《たまたま》、その頃頂いた『地表』には、佐太郎の自筆で「自用」と墨書されている。上梓後点検のための一冊を、気づかずに下さったと思うのだが、私は嬉しくて、そのまま持ち帰って読み耽った思い出がある。

13　ことばの選択

言い当てる

佐藤佐太郎の周囲にいた若い頃、日ごろ無口な佐太郎が発することばは、ひとつひとつ、私の心に直接ずんとこたえる重みを持っていたが、その中に、表現、あるいは用語についてのひとことに、「言い当てる」ということばがあった。数限りない語の中から、表現のためにことばを選ぶ際、直感的に、的確な一語を選び出す能力、それをいったのだと思われる。

或る時のこと、久しぶりに冬の乾季の中で雨の日があった。たまたま用事を抱えて寒い雨に曝されて歩いていた私は、鎌倉山の一角の、まだ開墾を免れている草原の傍らを通りかかった。日頃見馴れた乾いた枯原が、一面雨に濡れ、激しい吹き降りの中で、ふしぎに黄ばんで明るく見える。雨は傘に叩きつけるように降っていたが、野の色は妙に明るい。とっさに「降りしぶく雨」に濡れている「枯原」ということばが浮かんだが、何かがちがう。傘も私も降りしぶく雨に濡れ、風に耐えて歩いているのに、枯野は濡れて明るく静かである。その時、ふいに私の脳裏に浮かんだのは、先にも触れた佐太郎の「直なる雨は芝生に沈む」という一語であった。

秋彼岸《あきひがん》すぎて今日ふるさむき雨直《す》《ぐ》なる雨は芝生《しばふ》に沈む　（昭26）

このことだったのだ。「言い当てる」というのは。もしそれに気が付かなかったら「枯原に雨降りしぶく傍らを」などというフレーズをすらすらと作った私ではなかったか。

佐太郎に添削を受ける際、まともに讃《ほ》められた覚えはほとんど無いのだが、ほんの一度だけ、「これはいい」といわれたことがあった。昭和三十年初めころ、水上《みなかみ》の奥の川を詠んだ一首だった。「川底にこまかき砂の揺れながらおもむろに厚き水移りゆく」という拙い歌で、以後にまとめた私の作品集には収録していないと思うのだが、この下句「おもむろに厚き水移りゆく」の表現に珍しく賛成して下さったのである。十余年にわたる添削の内、たった一ぺん褒められたのだから、本人としては勲章を授けられたような、うれしい記憶なのだが、なぜ褒められたのか、さっぱりわからずにいた。それが今、急にわかったような気がしたのである。当時結社誌「歩道」誌上の佐太郎の批評に「水の勢いを言い当てたような」という一語があったのを記憶している。

ともあれ「雨」は「降る」や「そそぐ」や「しぶく」や「濡るる」だけではないのである。「直なる雨」という表現も斬新だが、その雨は、芝生の上に降り注ぐと共に、まっすぐ芝の中に「沈む」のである。芝の葉や茎の長さ短さをひっくるめて、その間に沈み、土に吸われて行くのである。これが佐太郎のいう「発見」であり、その語は「選択」であり、確かに「言い当てて」いるのだ。

今ごろ気が付くとはあまりにも鈍いが、「直なる雨は芝生に沈む」の「沈む」の語の選択にこめられた佐太郎の真摯な態度と、その的確な眼力に、更《あらた》めて気づいたのは、私にとっては大きな収穫だった。私の見た枯野の情景にはむろん「沈む」は似合わないし、使えない。しかし、一語で実景を的確に如実に表現できる能力には、それ以前に目に見えない努力があり、絶え間ない修練が必要だということが、頭ではなく、ずしんと心に響いて来た。同時に、表現者はつねに謙虚でなければならない、と切実に思ったことだった。

かなと漢字の感触

第六歌集『地表』が世に出たのは、昭和三十一年七月であったが、内容は昭和二十六、二十七、二十八、二十九、三十の五年間の四百八十三首で、実際の作歌数よりもかなり少ない。一年百首足らずである。それだけ厳選していながら、「後記」には「私は何時となし身辺が多忙になつて、作歌に集注する時間が以前に較べて少なくなつてゐた。一生の間にはさういふ時期のあるのも致し方ない事だと考へては居たが、五年間の収穫をまとめてみると矢張り寂しい」

と卒直に述べている。また旅行詠の多いことは前にも触れた。しかしその中にも、

胡瓜《きうり》もみの荒き匂ひもあやしまず冬のゆふべの晩餐《ばんさん》終る　（昭30）
動物のやうな形の足うらをみづから見をり夜の灯《ひ》の下《した》　（同）

など、ふしぎに心にのこる作品がある。冬の胡瓜もみを「荒き匂ひ」と把握し、自身の肉体に関して「動物のやうな形の足うら」と感覚的に把握し表現する作者がいる。直感的な把握の鋭敏さは、そのまま作品の味となった。「動物のやうな形」と形容したときにあえて「ごとし」ではなく「やうな」と口語脈の語を使っている点にも注目したい。

また『自選歌抄』を見て感じるのは、自選した歌に共通している深い悲哀のよどみのような感覚である。

肉親を負ひてあへぐといふ意識相対にして子等さへも持つ　（昭26）
苦しみを内に持てれば現実のつづきの夢を吾は見てゐし　（昭28）
争ひの声といふとも孤独ならず鮭《さけ》の卵《たまご》をかみつつ思ふ　（同）
夕餉《ゆふげ》にておもひまうけぬ悲しみのきざしつつ牡蠣《かき》のむきみを食へり　（昭29）
争へばこころ疲れてゐたりしが疲労は人をしづかならしむ　（同）

家庭内での諍《いさか》いは常にあって、私ども門下の前で繰り展《ひろ》げられることもしばしばであったが、佐太郎は寡黙であるだけ、背も高くずばずば物を言う志満夫人の前では、常にやりこめられてしまう。だからといって夫人がいなければ佐太郎の日常生活はどうにも作動しない。現実派の夫人の存在があって無事に進行する文筆活動でもあった。「志満くん」と佐太郎が声をかけると、隣室から夫人がぬっと顔を出す。「何?」。

そういえば佐太郎のよびかけに対して夫人が「はい」と返事をした状景の記憶がない。諍いがあろうとなかろうと、夫人は佐太郎の才能を尊敬し、信頼していたが、どちらかといえば意思がつよく、人に命令を下す威風があった。歌集『帰潮』の一首、

夕映《ゆふばえ》のおごそかなりしわが部屋の襖《ふすま》をあけて妻がのぞきぬ　(昭22)

なども、お二人の三十代を実際に知っている筆者にとっては、内容以上の実感があって、思わず笑いがこみあげてしまう。

ほこりあげて春のはやちの凪《な》ぎし夜《よる》妻も子も遠しわが現《うつつ》より　(昭29)

一見何気ないように見える作品の底に、佐太郎自身の深い孤独感がにじむ。この感覚は、『帰潮』の秀歌の中で触れた、

貧しさに耐《た》へつつ生きて或る時はこころいたいたいたし夜《よる》の白雲《しらくも》　（昭24）

の作に表現された「こころいたいたし」という語彙を想い起させる。

ここであえて「痛々し」と漢字にしなかったのは、佐太郎の感性に拠るのだろう。漢字をどこまで使えるか、どこまでかなにひらけるか、歌人にとっては、時によって重い問題だが、ここでは第四句を「こころいたいたし」とすべて仮名表記することで、そっと手で包み込むような、繊細な心情が表われていると思う。

『地表』の代表歌の一つ、

北上《きたかみ》の山塊に無数の襞《ひだ》見ゆる地表ひとしきり沈痛にして　（昭30）

の「沈痛」の一語に集約された実感と比較してみると、「痛み」を感受する佐太郎の感覚の微妙な差が見えてくる。この歌では、「山塊」「無数」「地表」「沈痛」と、四種の漢字熟語が用いられており、それはまことに的確に情景を表わしている。とくに「沈痛にして」の感受がキイポイントであり、動かし難い重量感を持っている。

この「いたいたし」と「沈痛にして」の表現の質の差に気付くとき、佐太郎のいう「言い当てる」「表現は的確・単純・卒直に」あるいは「直接・端的に」、といった指導のことばが、改めて心に沁み入ってくる。

地名と音感

佐太郎の『茂吉随聞』のどこかに、茂吉の言葉として、「短歌は気持がいいな、固有名詞を使わないですむから」という意味の一言があった。固有名詞を使うことの難しさは、短歌作者ならだれでも一度は悩むところであろうが、たとえば斎藤茂吉の歌には、

最上川の上空にして残れるはいまだうつくしき虹の断片　（昭21・『白き山』）
最上川逆白波《さかしらなみ》のたつまでにふぶくゆふべとなりにけるかも　（同）

など、晩年には固有名詞、地名は数多く使われている。従ってこの言葉の真意を、私はいまだに十分理解し切れていないと思うのだが、前述の佐太郎の「地表ひとしきり沈痛にして」の歌い出しは「北上の山塊」であり、ここでは、ものの見事に固有名詞が生きている。また、斎藤茂吉の「最上川」の一連からはその地名は外せない。おそらく茂吉が言い、佐太郎が書きとめた言葉は、素人が単にその地名を歌に入れるのでは、その作は事実を述べるに過ぎない、地名を用いる時にはそれを生かす細心の注意が必要、ということを示唆しているように思われる。

地名が生きていると思う佐太郎の歌の一つに、

黒々としげる樹海《じゅかい》の遥けきにパンケトー・ペンケトー二つ湖《みづうみ》　（昭30）

という作がある。何気ない歌ではあるが、ここにはパンケトー・ペンケトーという、アイヌ語の、印象的な地名が出て来る。北海道の阿寒から弟子屈に向かう道の途中から見える、広い樹海の中の湖である。たまたまこの歌の生まれてから六年後の昭和三十六年、私は雌阿寒岳、雄阿寒岳の聳える阿寒湖附近に泊ったことがあって、実際にこの湖を見る折を得た。峠の上から見えたのは、当時、全く開発されていない広大な原始林で、その湖に近付くことは地元民でも難しいときかされた。遠く広く鎮まる原始林の遠くに、小さく光る二つの湖を眼にした時の、神秘的な感覚は今も忘れられない。

ここでは、パンケトー・ペンケトーという湖の名が、見事に活きている。音韻の重複の醸し出すひびきが、遠い時代のアイヌのくらしと、どことない哀愁を伝えてきて、いわば音韻の魔術のようなところがある。

この歌の持つ「地名」、即ち固有名詞は、前掲の歌の地名、「北上」の音韻にも別の形として生きているように思うのである。たとえば九州の「阿蘇」とか京都の「小倉山」であったら、「沈痛」は似合わない。それはその地を知っているか否かにかかわらず、「音韻」の持つ基本的な性質にあるのかもしれない。読者がその地を実際に知る知らないにかかわらず、或るイメージ、土地のイメージを形成する要因のひとつとして、地名は音韻によって活かされるところがあるのではあるまいか。

14　物のあはれは限りなし

漢語と大和ことば

「秋彼岸《あきひがん》すぎて今日ふるさむき雨直《すぐ》なる雨は芝生《しばふ》に沈む」について、私はその直感的写生的表現法に、佐太郎の真価を見た経緯を述べたが、この中の「直なる雨」については、佐太郎自身が「『直なる雨』といふ語は齋藤茂吉先生の『すぐなる光ところを変へぬ』といふ歌句を意識してゐた」（『地表』自註）と書きのこしていることにも、注目しておきたい。

すなわちそのきっかけとなった歌は『白桃《しろもも》』の「独吟抄」の一首、

冬雲《ふゆぐも》のなかより白く差しながら直線光《すぐなるひかり》ところをかへぬ　　茂吉（昭9）

をさしている。この歌については、茂吉自身が『作歌四十年』の中でこの景について、「よく仏画などにある、あの直線光である。自分等はそれをあやしみ、それを讃歎して立つてゐると、その光の位置がかはつたといふのである」と解説してみせている。さらに佐太郎は、それを踏まえて、『茂吉秀歌』下巻において、次のように鑑賞を深めている。

（前略）見馴れたものをあらためて「あやしみ」「讃歎」しているが、それは「冬」であること、「ところをかへ」たことによって、静かで深い感動として読むものにも伝わってくる。作者は雲間をもれる光を「直線光」と造語し、それをスグナルヒカリと大和言葉にくだいたことに、作歌者としての満足を表白している。（中略）言葉はいちおうの役割を果たせばそれでいいというものではない。その奥にある深いひびきを作歌者は要求するから、そこに工夫と苦心とがある。

いわれてみればなるほど、「直線光」を「すぐなるひかり」と大和ことばにひらいているのは、茂吉の「語感」と「大自然の尊厳に対する畏怖、畏敬の心」に発したものにちがいないのである。読者はそこまで深く作品を読み込むことは難しいし、短詩型文学独特の、作者と読者の共同作業のような一面があることも、改めて考えさせられる。

否応なく私を感動させた佐太郎の一首の「芝生に沈む」の語の確定には、独特の感覚が生きていて、枯芝になって行く草の葉や茎の長さまで暗示する効果があると思っているが、その発見を支えているのが、「直なる雨」の簡潔的確な形容である。その言葉の底に、「直線光」を「直なる光」といい換えた茂吉の技術が生かされていることに、無限の意味を汲み取らずにはいられない。

ところで、この「直線光」という表現を、撓《しな》いのある「直なる光」と言い換えずに、「直線光」と表現したらどうなるだろうか。

斎藤茂吉の場合、いわゆる「漢語脈」を活かす表現はほとんど無いにひとしく、例えば、

鈍痛のごとき内在を感じたるけふの日頃をいかに遣らはむ　茂吉（『小園』）

最上川の上空にして残れるはいまだうつくしき虹の断片　茂吉（『白き山』）

などにみられるように、「鈍痛」といい「内在」といい、また「上空」「断片」といっていても、ほとんど日常語の中に生きている漢語であって、他の茂吉秀歌に出てくる「沈黙」「戒律」「自在心」「午睡」「単純化」「売犬」「意識」など、難しい漢語はほとんど用いられていないのである。

むろんそれは「万葉調」を基盤とする茂吉の流儀が、「第二芸術論」の波乱に曝され、現代語化の大波を受けてなお、足許の揺らぐことなく維持されて来たことをも意味するだろう。

このことと、佐藤佐太郎の後期の歌との関わりあいは、いずれ後述する予定であるが、「直線光」というかなり強い表現法を「大和ことば」で読ませる茂吉の工夫を、ここでは心にとめておきたい。

孤独な魂

『地表』につづく第七歌集『群丘』(昭和三十七年十二月)は、昭和三十一年から三十六年の六年間、佐太郎四十七歳から五十二歳の、充実した時代の作品だが、ほとんど行旅の自然詠が中心で、それも穏やかな写生的自然詠とはいえず、やや荒々しく、人間的抒情を峻烈《しゅんれつ》に拒否する一面を持っているように見える。

開巻いきなり、「熔岩(桜島にて)」の五首が並ぶ。

熔岩のあらき傾斜にゆふぐれの薄明《うすあかり》にて満つるしづかさ (昭31)
熔岩の稜《かど》光あるゆふぐれに人の世に似ぬ平安をもつ (同)
熔岩のむらがるなかを通《かよ》ふ道《みち》来る人ありて人を怖るる (同)

など、「熔岩の」ではじまる何首かが並ぶことで、何か作者自身が新しいものを確実に表明しようと試みた跡なのかもしれない。単なる行旅自然詠ではなく、桜島熔岩帯によって触発された自己内部の「何か」を見凝《みつ》めなおしているのではないか。

このことはすでに佐藤佐太郎を研究対象として着実な成果をのこした故今西幹一氏の『佐藤佐太郎短歌の研究』の中に指摘されていることだが、そこでは「この一連の荒蕪不毛の自然」の中から見出される傾向として「対人・対世間的な嫌厭・隔絶の心情」を感じさせる、とされている。これらの作に表現された「しづかさ」「人の世に似ぬ平安」「来る人ありて人を怖る」といった表現の奥に、今西氏は佐太郎の持つ孤独な魂を見ているわけで、「行旅自然に傾斜し、その中の静明平安の境を志向する佐太郎短歌の基底」に、このような心地が埋蔵されていることを解明すべきだと述べている。

この視点は卓見というべきで、五百七十二首の一巻の中の、おびただしい行旅の歌の中には常に他人の介入を許さない、何かを拒絶するような作歌姿勢を感じさせるところがある。

同じ年、「対岸」五十首が「短歌研究」誌上に発表され、「アララギ」を中心に論争が起った。

対岸の火力発電所瓦斯タンク赤色緑色等の静寂　（昭31）

埋立てて成りたる広き鋪装路のむかうに満つる虚しさは何　（同）

水寒き上の低空《ひくぞら》にいくつもの起重機が立つ赤き鋭角　（同）

高度成長期の真只中、東京湾岸の埋め立て地の蕪雑な風景である。五十首中『群丘』に選ばれたものはこれらを含む十首に過ぎず、『自選歌抄』には更にたった二首しか選ばれていないという、厳選を経た一連ではあるが、最初大作として発表された当時は、一般にかなりの不評を買ったのである。「アララギ」誌上では「言葉の操作で新しさを創り出さうとしてゐるやうな姿勢」とか「意識的な技巧による徒らな構成のみが目につ」くなどという忌避的批判が相次いだ。

たしかに旧態依然とした「アララギ」という派閥の中から見れば、これらの批判は当然出てきても無理のないことであったろう。しかし佐太郎の意欲的な表現刷新は、こうした批判とは無縁に、その挑戦の度合いをぐんぐん深めて行くのである。夥しい旅行詠の中に、

谷に立つ吾のまともに息ぐるしく傾斜してゐる灰白《くわいはく》のダム　（佐久間ダム・昭31）

のような、「息ぐるしさ」、あるいは、

湖《みづうみ》を背後にたもつ堰堤《えんてい》の傾斜の下は谷のむなしさ　（同）

に見える「むなしさ」が捉えられ表白されているところは、当時の作者の心理そのものであったようにも見える。

佐太郎の作品は、多く行旅の歌であっても、感覚的にはむしろ対象よりも自己凝視、内面への視線だったのではないか、と私には思われてならない。

いのちある物のあはれ

こうした息苦しいようなつきつめ方は、やがて大作「火の真髄」を生むことになるのだが、

その前に読者をほっとさせる一面に目を向けておこう。

同じ昭和三十一年の作に次の歌がある。

いのちある物のあはれは限りなし光のごとき色をもつ魚

「魚」の題で、「(下関水族館、江ノ島水族館)」の詞書が添えてあるが、この一首はおそらく江ノ島水族館であろう。この歌は佐太郎自身、気に入った一首であったと思う。というのは、時期は判然としないのだが、佐太郎はこれを自筆で書いたものを、木綿の手拭いに染めさせていたからである。たまたま仕事を手伝いに発行所である坂下の家に行っていたとき、「君、これを遣《や》るよ」となにげなく渡されて開いたら、この歌が書かれていた。一読して、ひどく心を打たれた。私はまだ二十代の終り。この歌の本当の味わいが判る年齢ではなかったが、淡藍の地に一字一字放ち書きされて白く染め抜かれたこの歌の、すばらしい韻律と深い哀愁のようなものが、一気に心に沁み入った。

「いのちある物」に対する深い情愛と、同時に「ある」ものはいつか「なき」ものへと移行する虚しさと哀愁。それは王朝以来の、日本的な「物のあはれ」の心情にも重なっている。その「あはれ」は限りなく人の心に沁みてくる。とくに具体的対象は「光のごとき色」を持つ魚なのである。おそらくは水族館の、現今とは異って、限られた空間の水中で、照明を受けている状況が歌材なのだろうが、光を帯びて水族館の水槽の窓を横切っていくであろう魚のいのちそのものが、淡く光っているような感覚。

今の水族館の巨大水槽では、この感じはわからないかもしれない。実感もできないだろう。が、この手拭いの歌を目にしたときの、心にとび込んで来るような鮮やかな感覚を、私は今も大切に思っている。

「熔岩」一連に表われたような、人を拒否する感じの厳しさはここには無い。あるのは沁み透るような寂寥感である。

砂糖煮る悲劇のごとき匂ひしてひとつの部落われは過ぎゆく　（昭34）

季《とき》の移りおもむろにして長きゆゑ咲くにかあらんこの返花《かへりばな》　（昭32）

栗の花おぼろに見ゆる月夜にて翅《はね》音のなき蝶もくるべし　（昭34）

などにも共通の、繊細無類の感性と、その隠れようもない寂寥感は、おそらく、誰によっても、或いは何によっても癒されることのない寂寥の思いであろう。

明るい寂しさと「時」の感覚

佐太郎のこの時期の作には、ふしぎな明るさと寂しさが同居している感じのものがある。

屋根のうへに働く人が手にのせて瓦をたたくその音きこゆ　（昭34）

地方から出て来て働いている屋根職人の動作を、見ているのではなく、音で聞きとめている。おそらく自宅改築の際の見聞から生まれた一首と思うが、瓦屋根の減った当今では、この歌のふしぎな魅力は十分に伝わりにくいかもしれない。私は「結社」ということばが嫌いで自らは使わないが、いわゆる結社の異る或る歌人から、「あの歌がどうしていいのかさっぱりわからない」といわれたことがある。しかしこの人も、わからない、といいながら、この歌を記憶し、心に掛かっているのである。事実を簡潔に述べているだけで、何の仕掛けもないように見えながら、深閑とした春のまひる、土から作られ、焼かれた「瓦」の、密度の濃い固さ、それを叩く職人の手、おそらくは分厚い掌にのせ、片手の拳《こぶし》で、ひびの有無、焼きの良否を試しているのであろうその音が聞こえてくる。

「直接・端的」という佐太郎の表現法が、ここに凝縮している。当り前に言っているように見えて、周到な凝縮と切り取り、切り捨てがそこにある。

「屋根のうへに働く人」を作者が見ているのではないことは「その音きこゆ」で判然とするし、その音が「手にのせて瓦をたたく」音であることで、自らの家の屋根に働く人の音であることもしっかり伝わってくる。「手にのせて瓦をたたく」という動作を、「音」から聞き分けている作者の鋭敏さに、読者もおもわず同調する。苦心のあとを少しものこさず、すらりと言っていながら、情景もわかるし、作者の鋭敏な聴覚も伝わってくる。これが佐太郎の「単純化」のひとつの典型であると私は思う。苦心の跡を残さない。そしてこの歌からは、真昼の空白のような、明るい寂しさが伝わってくる。

もう一つ言えば、佐太郎短歌には、独特の「時」の感覚がいつも生きている。意識して模倣できるものではないが、この歌に流れている「時」は、どちらかといえば緩い速度である。「手にのせて瓦をたたく」音を捉えたとき、作者の上にはどちらかといえば切迫感の少ない、ゆっくりした時が流れていたであろう。なるほど、小題には「春日」とある。ゆるやかな時の流れの中にいればこそ「その音」は聞きとめられたのであり、「手にのせて瓦をたたく」という動作の時間まで、作者に臆測させるのであろう。

同じ頃の作に、当麻寺《たいまでら》での次の詠がある。

白藤《しらふぢ》の花にむらがる蜂の音あゆみさかりてその音はなし　（昭34）

ここでも、できるだけ余剰を排除した表現のなかに、白昼、むんむんするほど咲き満ちた白藤、そこにむらがる蜂たちの翅音、五月ころの無性に明るい空間が目の前に現出する。そして「あゆみさかりてその音はなし」のまことにさり気なく配置された下句には、そこから遠ざかる自らの歩みの「時間」の感覚が、ものの見事に活かされている。読者は否応なく、白藤の蜂の翅音を聴き、やがて遠去かって、底知れぬ充実から脱出するのである。

このような「時」の感覚、「時」の緩急は、人間の「生」と常に連動しているのだが、佐太郎短歌に於いては、それを見逃したら十分には鑑賞できないほど、重要な要素ではないかと私は考えている。

衝動のごとき拍手のひびきあり幾たびとなくところを替へて　（昭35）

「群集」の小題の中の一首だが、時期的には六〇年安保の頃であろう。安保闘争の時代を知らない人が読めば、たとえば今風の音楽のスーパースターが思い浮かぶかもしれない。しかし、読者がその背景を知ろうと知るまいと、この作は群衆の熱気と、拍手の湧き起る実景を「時」の流れの中に捉えている。その切りとりは「生の一瞬」であると同時に、次々に拍手が起って行く「時」の過程を、ある長さを以て捉えている処に注目すべきであろうと思う。

15 『帰潮』の遺したもの

一首の独立性

いまここに、佐藤佐太郎の歌集『帰潮』の初版が机上にある。昭和二十七年二月二十日発行の初版・定価二百五十円、第二書房発行。戦後は紙質も悪く、出版物の多くは「仙花紙」とよばれる再生紙の本で表紙も粗末なものであったが、ようやく厚紙の表紙が用いられるようになった頃である。表紙の掛け紙はグレー地に「歌集」の朱色と「歸潮」の大きな黒色の題、佐藤佐太郎の名が活字体でタテ一線に並んでいるごく簡素なものだ。私有の本はすでに背表紙がちぎれちぎれになり、それでもその残骸は表紙の裏にしっかり蔵われている。そこに、当時「読売文学賞」を受賞した佐太郎の受賞の弁と、まだ若い佐太郎の写真の、新聞記事の切り抜きが貼りつけてある。そして左ページには佐太郎の筆で、

和《わ》可《が》来多《た》る浜の離宮能《の》ひろき池に歸潮乃《の》うごく冬の夕暮　　佐太郎

の自筆が遺っている。

変色した新聞の切り抜き、ぼろぼろの背表紙、しかし私にとっては、心に涙の生まれるほど大切な本である。

現在、電子書籍の普及をふくめ、パソコンの活字ばかりを見馴れている若い世代には、この「自筆」の味と、そこにこめられた作者のこころが、はたして十分読みとることができるのだろうか。変体仮名さえ読める人がすっかり減っている現実。

その中で私は、佐太郎から引き継いだ何を、どうやって、次代の人に伝えることができるのだろうか。もはや、残生の時間は切迫している。この現実の中で、私は佐太郎を通して触れて来、摑んで来、消化して自己の基底としての「短歌」を身に体して来たのか。そのことを暫く筆にすることをお許し頂きたい。

前述したように『帰潮』には、小題をつけた章立てがなく、すべてローマ数字で区分けして、年代毎にまとめてある。小題にたよらず、一首ずつ独立して鑑賞できる形で、それだけ厳選もし、「一首の独立性」を重視した配列だともいえる。従って、どのページをあけてそこに視線を落としても、一つ一つの独立した歌境が読みとれる。むろん連作に近いまとまった部分もあるのだが、どのページを開いても良いのである。「自尊の心」のつよい歌集であると思う。

みづからの光のごとき明るさをささげて咲けりくれなゐの薔薇《ばら》　（昭23）

曇日のすずしき風に睡蓮《すゐれん》の黄花《きばな》ともしびの如く吹かるる　（同）

のように、よく知られた秀作に並んで、たとえば、

街ゆけば今日も彼等のさまを見るサンダルはきし貧しき蕩児《たうじ》　（昭23）
客観《かくくわん》の如きみづから日の光うごきて風のたつ墓地にゐる　（同）

のように、あまり人の口にのぼらぬ作がある。

戦後二年有余、ようやく戦争から解放された街である。戦中は規制が厳しく、若者はみな戦場に送られた。脚にはゲートルを巻き、帽子がなければ日の丸のついた鉢巻をしめ、誰も彼も、国のために生命を捧げるのが当り前、といった表情をしていた。それが終戦と共にすべてが逆転したのである。学生に戻った者もあれば、左翼運動に加わる者もいた。思想の反転の中で若者たちは、自らの目的を見出せず、自殺する者も多かった。

そうした中で、ちょっとヤクザめいた若者たちが街に横行していた。「サンダル」といっても、洒落たものではなく、不要になった戦闘機用のタイヤから造られたような、黒くて無骨なつっかけ草履。靴も行き亘っていない時代だった。その時期独特の風俗が切り取られ、「貧しき蕩児」の成語に、当時「不良」と呼ばれた類の、生き残りの青年たちの姿がとらえられてい

る。

二首目は、空襲の焼跡もまだ生々しく残っていた青山の墓地の情景であろう。「客観の如きみづから」の二句で一旦切れるわけで、焼跡を歩いて帰ってくると、日の光が差し、それを動かすような感じに風が立つ。遮るもののない墓石群の中に佇っている自分自身を、もう一人の自分が見ているような、妙に客観的な感覚。鋭敏である。

このように、秀歌の中に置かれているために却《かえ》って人目を引かない作品の中に、思いがけない実感を伴うものが交っているのが『帰潮』の世界である。

生の覚悟について

同じ昭和二十三年の作には、すでに秀歌としてしばしばとり上げられる作がいくつもある。

寝ぐるしき夜半《よは》すぐる頃ひとしきりまた衝動のごとく降る雨　（昭23）

ありさまは蓄思《ちくし》みづからの誕生の日を妻と子に祝福せしむ　（同）

魚のごと冷えつつおもふ貧しきは貧しきものの連想を持つ　（同）

ここに漂う寂寥感は、佐太郎自身の持つ根本的な孤独感を思わせるのだが、だからといって佐太郎自身、実生活上の力量がなかった訳ではなく、終戦後幾らも経ずに上京し、家宅を確保し、家族を呼び寄せるという実行力を見ても、単なる無力な一歌人ではなかったのである。『立房』の二年間をそこで打ち切り、『帰潮』収載の歌作をはじめた昭和二十三年、佐太郎は、はっきりと自らの意志に従って、勤めをやめてしまった。「短歌」に賭ける覚悟を決めたのである。短歌とは、佐太郎にとっては、生を賭けるに値する詩型だったのだ。

『帰潮』の「後記」は、佐太郎の後記としては珍しくかなりよく書き込まれていることも注目してよいが、その中で、自らの覚悟に触れている。重出になるがあえて記すと、

私は観念的、模型的操作によらずして、体験に即して真実を表白しようとし、期せずして戦後の生活を「貧困」に縮図したのであつた。然しかう言つても、私の歌には事件的具体といふものは無い。短歌はさういふものを必要としないからである。

私の世代にとっては、この〝覚悟〟の感覚はひしひしと伝わってくるのだが、実際のところ、私の娘などにはすでに世代間ギャップがあるとみえて、佐太郎の歌は何で貧しいことばかりを主題にするのか、と質問されたことがある。物余り現象の中で育った世代には「貧しさ」そのものが作り物のように見えてしまうことがあるらしい。短歌にはやはり「体験に即した真実の表白」という面のあるのは確かで、佐太郎の真骨頂を「説明」することは難しい作業にちがいない。

しかしそれを押してなお、佐太郎を追求して倦きないのは、何かが私の本心を摑まえて放さないからだ。私自身は永いこと短歌から離れていた時期があるが、その間、さまざまな表現形式を試している。また、放送作家として生きて来たせいもあって、短歌の持つ「音楽性」、すなわち音韻と律調を基本に置き、そのための目に見えない実験も重ねて来た。その一つの成果は合唱組曲の作詞にあり、混声合唱組曲『蔵王』をはじめ、女声合唱組曲『夢二幻想』、『折紙』、『尾崎左永子の詩による歌曲集』など十二冊がある。その基底にはいつも佐太郎の短歌に対する姿勢に倣って、強いていうならば人間の心から湧いてくる「祈り」のような、純粋な気息を捉え、表現しようという努力があった。私事に即して書くことには私自身にいくらか抵抗があるが、私が佐太郎から学び、影響され、作品を生んで来たことの実体をあえて記すことによって、佐太郎が周囲に与えた「光」のようなものをここに書き留めておきたい。

表現とは限定である

佐太郎はよく、門下に向かって「表現は限定である」といういい方をした。短歌においては、まず感情生活の中から詩的感動を限定し、それを五句三十一音に限定する。限定された直観像、すなわち詩的感動は、生のリズムに満ちている、と佐太郎はいう。この「意味なきものの意味にみちた瞬間と断片」の裂け目からあふれ出るもの、すなわち人間性の奥底とか生命のニュアンスとかいうものを見るのが「抒情詩」としての短歌である、とも書いている。

非常に感性的な物言いなので、佐太郎には作品はあるが歌論がない、という人がいる。「純粋短歌論」そのものは、ヴァレリなどに深い影響を受けており、そのあたりを指している批判と思われるが、詩的感動を中心に置き、抒情詩という一点に短歌の真価を絞った点では、他の歌論には無い繊細な針の先のような味を持つ歌論であると思うし、後進はそこに心酔して来たのである。短歌は純粋であってほしい、と改めて思う。

たとえば、東日本大震災に関しての記念歌集に、参加してほしいという出版社の依頼が来た。しかし、私には、そこに参加する気持がどうしても起らない。むろん、被災地に対する応分の協力は、すでにいろいろな形でして来た。しかし短歌を作ることで協力することには、何故か私にはつよい抵抗がある。以前阪神・淡路大震災の際にも、某大新聞社から、震災の歌を寄せてくれ、売上げを寄付するから、と依頼が来たが、私にはそういうことが出来なかった。実際に、寝ている上に両側から箪笥が倒れて来たとき、それを支えながら歌が作れるだろうか。歌とは、精神的に或る種の余裕がないと生まれて来ないと私は思う。今にも死にそうになって迸《ほとばし》り出る歌があれば、それは本物だろう。しかし、実際に被害に遭っていない人間が、それに「なり代って」作歌する、或は映像の悲惨に心を打たれて作歌する、それは本当の「歌」なのだろうか。

そこには記録する意味もあるのだ、と歌壇の有力者たちは言う。実際に秀れた歌も多々あることだろう。しかし私は、現実に被災した方々にとって、代りに歌を作ることなど、申し訳なくてとても出来ない。むろんその人に「なり代って」作るなどという思い上がった作歌はできないし、実体験した人が時を置いてその時の情況を歌うのならよいが、新聞記事やテレビ映像の上の記録などは、歌にはできないと思っている。この考え方を「狭い」と人は言い、「協力が大切」「記録が大事」とも言う。しかしやはり、私には出来ない。

私は全国を歩いて来たが、沖縄にだけは、足を踏み入れることがない。何度も要請を受けたが、行けないのである。何故か。それは、終戦の時、自ら海に次々に飛び込んで若い生命を散らした「ひめゆり部隊」の人々と、同世代なのに、私は生き残って来たからだ。とても申し訳なくて、のうのうと観光気分で沖縄の地を踏むことなど、到底、心境として自分を許せない。

震災の歌を作れないのも同じことなのだ。そしてその気持の底には、佐太郎のいう「純粋短歌論」の精神に通ずる処があると思う。頑固といわれようと、狭量といわれようと、心の抵抗を除くことは、私にとっては不純としか思われないのである。私は他の形で、被災地への協力をする他はない。歌人としてよりも、一個の人間として。

「短歌とは技術だよ、君」

地《つち》ひくく咲きて明らけき菊の花音あるごとく冬の日はさす　（昭24）

「音あるごとく」といいながら、深閑とした空気を感じさせるこの技は何なのだろう。何度読み返しても倦きない歌、というのが歌集『帰潮』の中には幾つもある。「短歌とは技術だよ、君」としばしば言った佐太郎のことば、「技術」とは一体何だったのだろう。十七歳で佐太郎門下となった私は、門下を離れて歌から遠去かった年を差し引いても、五十年に亘って佐太郎の作品に触れて来た。むしろ溺れて来た、といってもよい。

小生意気な女子学生だった。佐太郎の作品に溺れるあまり、その後ろから歩いて行くよりも、異る進路を見つけなければ、と思っていた。恥知らずにも程があるが、この人の作品の後から追随していっても、絶対追い抜けない、だから少し異った表現法を摑もう、と思っていた。追い抜けることは到底あり得ない、とはじめから思ったのである。それにしても、今思えば思い上がりも甚だしい。しかし、無意識にそう思っている私を、佐太郎は何もいわずに受け容れて下さっていたことに、今さら気付くのである。

年上の相弟子たちの中には、何と生意気なやつ、と思う人もいたはずだが、佐太郎の許で「表現」の第一歩を踏み出した幸せを、今さら嚙みしめる思いがする。

「出会い」とは、人生の上では最も大切な契機のひとつだろう。佐太郎という純粋な「詩魂」の持ち主に出会ったことを、いま、深い感謝をもって思い返すのである。さまざまな人生の経緯ののちに到りついた現在の私にとっては、自らのものの考え方、とくに短歌に対する考えの基本に、佐太郎の「詩魂」の純粋さへのつよい心寄せがある。妥協したくない。

佐太郎が言った「短歌とは技術」とは、その魂のゆらぎ、生における感動の瞬間を表現するのに、五七五七七という「限定」された詩型によってすくい取る、そのことをいったのだろう。小説でもなく、自由詩でもなく、俳句でもなく、「短歌」という、千三百年もの間変型せずに伝承されてきた美しい短詩型のリズムにのせて表現すること。それが佐太郎の言った「短歌とは技術である」ということばの真意であったと思う。

短歌とは、完成された詩型であると思う。その「型」を自在に使いこなすには、千三百年以上もの昔からの、祖先の伝えてきた「音感」「律」「調べ」、耳から聞いて心に響いてくる音楽的感性、自ら謙虚でありつづけること、生のいぶきを大切にすること、終局的には神に捧げる祈りにも似た純粋な心を保つこと、そのような多くの要素が必要となるだろう。いくら冒険してもよい。いくら脱線してもよい。若いうちは沢山経験する必要もある。しかし結局、人間の生命など、たかが知れている。いま、佐太郎の歿年をとうに超えてしまった私にとっては、佐太郎の秀歌のいくばくを読み込んで、歌を志す人に伝えたい気持でこうした稿を書いている。

若年には若年の歌が、老年には老年の歌が生まれる。作歌は、己れを信じて一歩一歩進んで行くより他、上達の道はない。しかもゴールがない。時には自己過信もよいが、謙虚さを持たない人間は、本来、歌人の資格はない、と今の私は思っている。

16　晩年の歌

表現の真髄

この小さな短歌詩型による創作は、たとえば小説（仮にそれが物語ではなく、小さな私小説であったとしても）のようなものとは、基本的に異なる表現法を持つ。限られた音数による「定型」、しかも千三百年にも亘る伝統と練磨を経て、今も確かな文芸形式として持続している。時代ごとに、また年代や歴史的背景による変遷を経ながら、この詩型を愛しつづける人は、現代といえども変りはないのである。

もっと自由に羽搏ける空間があるのではないか、と再々疑問を持ち、他の表現を求めることもあった私自身、十七年もの空白を経て再び短歌に戻った経緯については、改めて記すつもりはないが、その長い時間の中で自分自身が見極めて行った結論は、要するに、この短詩型の持つしたたかな生命力と、佐藤佐太郎の目指した「純粋短歌」という概念に対する、自分なりの納得と賛同であった。

私が佐藤佐太郎の周囲にいて、直接指導を受け、強い影響を受けたのは、歌集の収録歌の年代でいえば、第四歌集『立房』から『帰潮』『地表』『群丘』あたりまでであり、雑誌「歩道」の初期、ガリ版刷りの時代、活版刷りとなった昭和二十三年六月、そしてその時、山形から東京に帰還した斎藤茂吉先生を迎えて開かれた「歩道」の歌会など、すでに語る人の少なくなった時期のことである。

私はここでその思い出を記すつもりはないし、単に懐旧の念に基いて作品に対する私見を述べて来たわけでもない。いうなれば、本気で佐太郎作品の真髄を、少なくとも私の息のある内に、すこしでも後進に伝えておきたい、という思いの故に書き継いで来た。しかし、実際に佐太郎の謦咳《けいがい》に接したことのない次代の人たちにとって、どれ程の理解の介助になったのか、まことに心許ない。作歌のみならず、物を書くことの基本姿勢を叩き込まれた「ものを見る眼」の在り方、「表現」に関する技術を、他に伝えることの難しさを改めてありありと感じる執筆期間でもあった。

平炉《へいろ》より鋳鍋にたぎちゐる炎火《ほのほ》の真髄は白きかがやき　（昭32・『群丘』）

などの一連でゆるぎない「技術」を確立した佐太郎の表現の中にある「火の真髄は白きかがやき」の圧倒的な詩的昇華は、まさに佐太郎のいう「直感」「直接」の「直」の意味を示していると思う。そのことを解説することは、むしろ無意味なのではないか、という気もする。「解説」などというものがいかほどの役に立つものか、私には全く自信がない。

にもかかわらず、私はその受容の方向を、何とか後進の歌人たちに伝達しておく義務があるだろう。

ものを見る眼

昭和四十年といえば、私にとっては自分の生涯の一つの区切りの年でもあった。当時まだ二歳の子を膝に抱えて、見知らぬ国、アメリカへ旅立った。当時ハーバード大に研究留学中の夫の許へ、一人五百ドルしか持ち出せない時代に、すべての仕事をやめて旅立ったのだが、何しろまだ日航もない時代。ノースウェスト機に乗ったらもうアメリカ英語の世界だった。その旅立ちの前に、青山の佐藤邸にご挨拶に伺った際の、佐太郎のことばは今も忘れられない。

暫くボストンに住むことになった、と言ったとき、志満夫人が「あら、それなら沢山歌ができるわね」と言われたのに対して、佐太郎のことばは、「いや、そんな必要はない。ただ、しっかりと見て来い」というものだった。この一言で、私は短歌から一旦解放された思いがあって、肩の荷が下りたというか、生き生きした思いで初めての海外生活に向かうことができたのだった。結果として、日本語の繊細さ、感性言語としてのすぐれた面に気付くことになり、帰国後、日本語並びに古典文学に深入りするきっかけにもなった。口の重い佐太郎のことばには、いつも重厚な、そして綿密な思考があり、直感があった。

冬の日の光かうむりて噴水の先端がしばしとどまる時間　（昭40・『冬木』）
おもむろにからだ現はれて水に浮く鯉は若葉の輝きを浴む　（昭41・『形影』）
冬山の青岸渡寺《せいがんとじ》の庭にいでて風にかたむく那智の滝みゆ　（昭43・同）
夕光《ゆふかげ》のなかにまぶしく花みちてしだれ桜は輝《かがやき》を垂る　京都二条城　（昭43・同）

「ものを見る」と佐太郎がしばしば口にして後進に伝えようとした一語は、このような作に照らして見れば一目瞭然のはずなのだが、このことはなかなか後進に伝わらない。頭では理解できても、その対象を捉える瞬発力は、なかなか難しくて身につかない。佐太郎の身近に在ったころ、佐太郎が何気なく、「要するに最後は才質によるからな」と洩らしたことばが、どっしりと心に居据った時期があった。いま思えば「才質」とは、作者それぞれ固有の才能の「質」のことだったのだろうが、いくら努力しても結局は天賦の才がなければムダ、といわれたような気がして、かなりつらい思いをしたのである。要するに、「人真似しても無駄」ということだったと気付いてからは、自ら好む方角へ向かうための、知識の蓄積へと努力を重ねるようになったのだった。

このように、そのことばの重みには、言い難い味のあるのが「佐太郎流」であり、それを生かすも殺すも本人次第、なのであった。

昭和四十一年の暮には佐太郎は体調を崩し、鼻出血のために入院加療したが、以後、徐々に、時を惜しむように各地へ旅行し、佳詠をのこして行く。旅行詠も多いのだが、私にはやはり、佐太郎の真価は、自らの眼で捉え、自らのことばを選びとって表現したこれらの作にあり、佐太郎の本質をじかに伝えてくるように感じる。

たしかにここには、佐太郎の「ものを見る」眼が利いている。対象の様相をじつに的確に把えて、また、言葉に無駄がない。一首目、公園の噴水であろうか。水は空へ向かって真直に噴き上げ、ある高さに止まって落下する。冬の光の中で、水の束《たば》の先端が暫くもみ合って落下する。「先端がしばしとどまる時間」という捉え方、表現法、共に鮮明な印象をのこす。

「おもむろにからだ現はれて」という、鯉の動き。「風にかたむく」那智の滝。満開のしだれ桜。そのどこにも、「光」が動き、「時間」が切りとられる。

「時間」に関していえば、次の秀作がある。


地底湖にしたたる滴かすかにて一瞬の音一劫の音　　(昭45・『開冬』)

龍泉洞での作だが、「一瞬」の音は同時に「一劫」の音であるという感受の鋭敏さに驚かされる。無限に永い時間。仏教上でいえば、世界が生じてから滅するまでを「四劫」というそうである。世界が生まれて成立するまでを「成劫《じょうこう》」、成立した世界の持続する期間を「住劫《じゅうこう》」、その世界の壊滅に至る時期を「壊劫《えこう》」、また、次の世界の成立するまでの、何もない期間を「空劫《くうこう》」と称するという。この無限に近い時間を「永劫《えいごう》」とよび、「ようごう」とも発音する由である。哲学的にいえば「永遠回帰」とか「永久真理」とかいわれるものに近い考え方がそこにある。

しかし佐太郎は「一瞬」に対して「一劫」ということばを使っている。このことばを選びとるまでの、目に見えぬ表現の努力と、その痕跡をのこさずにぴたりと言い当てて読者の心をひきつける技量に、改めて感服してしまう。佐太郎がしばしば「短歌とは技術だよ、君」と言い続けた意味が、僅かながら私の中に消化されたような気がする。

「技術」とは、単に「技巧」ではないのである。「一瞬」の水滴の音が、鍾乳洞《しょうにゅうどう》の暗黒にひびく。洞穴の上部から垂れ下がる鍾乳石の群。下には石筍《せきじゅん》、石柱。そして地底湖の、底知れぬ水の闇。「一瞬」の音の背後には、気の遠くなるほどの時間の堆積がある。それを「永劫」とはいわず「一劫」ということばを選びとるまでの、表に出ない佐太郎の努力と、そこに到りついた鋭敏な感性に、佐太郎短歌の魅力の根源を見る思いがする。

佐太郎の遺した言葉の中には、後進の私共に示唆するものが沢山あるが、ここではその中のいくつかを記しておく。

「短歌には説明と演出とがあってはならないが、実際がすべて短歌になるのでもない。強く捉えて強く言うということが必要である。強調と辛辣な真実によって短歌は生きるのである」「ロダンが『芸術は生きていなければ存在しない』といったように、一首の短歌であっても生きていなければならぬ。どうして一首の歌を生きたものとするか、実在感のある歌はどうしたらできるかということについて、私たちはそれぞれ自分の工夫がなければならない」（昭和四十一年八月）

佐太郎五十七歳のころ、「歩道」会員のために記したことばである。

短歌を作る時、事実を的確に捉え、端的にいう、ということを、佐太郎は日頃から門下に教えたが、その真意はなかなか伝達できなかったのだと、今にして思うことがある。五七五七七の「型」に嵌めて心情や情景を述べれば、何でも「短歌でございい」と言える単純さが、この小詩型にはある。「見たまま言う」といえば、何の工夫もなく「見たまま」三十一字にする。それでは「詩」にはならないのである。「短歌は抒情詩である」と佐太郎が改めて規定したのは、「何でも短歌」という風潮に釘をさす意味があったのだろうと思う。

一方、これより早く『短歌指導』（昭和三十九年）の本の中に「純粋短歌入門」が収録されていて、その中で佐太郎はこう述べている。

「感情は人間生活の精髄であり、生命のリズムである。しかし、感情がすべて詩の内容となるのではない。簡単にいえば何か意味を持った感情が詩であり、その感情の中から、人間性の奥底とか生命の新しいニュアンスとかいうものが感じられるのでなければならない。つまり感情の核心が詩であるが、これは時間のつながりの中に瞬間的に来るもので、それは瞬間でありながら永遠を思わせるような重い光る瞬間である」

そしてまたいう。

「真の新しさは見られる対象（素材）にあるのではなく、見る主体にある」
「短歌が新しさを要求するのは、それが真実と同義語であるからである」
「詩は変化することによって、新しいのではなく、真実の『発見』によって新しいのである」

こうした佐太郎のことばには、箴言《しんげん》に似た凝縮と深さがあって、断片的に採り上げることが、どれほど作歌者たちに伝わるのか、記している私には自信がない。しかし、その危惧《きぐ》を超えてなお、作歌する人々に、ぜひとも伝達しておきたい思いがつよいのである。それを自らの責務とも考えている。これらのことばを通じて、佐藤佐太郎が独自に開拓していった歌境を、改めて味読していただきたいし、今後の作歌の土台作りに役立てて欲しいと切望する。

究極の平明

昭和五十年九月に刊行された第十歌集『開冬』には、前述の「一瞬の音」の作のほか、

旱天の冬の屋上に飼はれゐるものにおどろく鵜の眼は緑　（昭45）

のように、一読して印象に深く残る作があるが、これも前節に述べた新しい「発見」の成果とも見られよう。不要のことばは一切言わず、しかも十分に時、所、場合、すべての背景を読者に想像させて揺るがない。

第十一歌集『天眼』に到ると、療養生活が多くなり、

ただ広き水見しのみに河口まで来て帰路となるわれの歩みは　（昭50）

のように、ふしぎな平明を表現する作がある。この歌のできた時のことは、当時入院していた銚子恵天堂の病院長で古くからの門下であった江畑耕作氏の言（「歩道」佐藤佐太郎追悼号・昭和六十二年十二月）に残っているが、それによれば、「（この）一首を作るために、附添ひを拒否して唯一人杖をひき乍ら三日間も利根川に向はれた先生の後姿は、獲物を追ふ狩人のやうに凄じいものがあつた」という。その姿は、それを見ていない私の心にも彷彿として浮かび上がって来る。リハビリのための歩行を、付添いを拒んで三日間、河口へ通った揚句の一首。そ

れがこの「ふしぎな平明」を生んでいるのだ。佐太郎世界の究極の平明に触れた思いがする。

生前の最終歌集『星宿』（昭和五十八年）は、佐太郎七十四歳の時の歌集であるが、内容は一段と深遠な意味を持つ。佐太郎自身「先師斎藤茂吉先生には七十歳以後の作はない。私は未到の境地をのぞきみる気持で作歌しようとしたのであつた」と書いているように、当時七十歳を超えて作歌する歌人はまだそう多くはなかったのである。そこには佐藤佐太郎自身の経験の集積の上に、独自の「老境の歌」が生まれ、人の心を捉えた。

憩ひつつたまさか見ゆるその地《つち》にいたるまで木の葉ただよふ時間　（昭54）

きはまれる青天はうれひよぶならん出でて歩めば冬の日寂し　（同）

この頃には上目黒に居を移していた佐太郎は、体力も衰え、日毎蛇崩《じやくずれ》川の遊歩道を往還することが多かった。私はすでに短歌を離れていたが、ＮＨＫラジオで放送詩を手がけており、その一部を『放送詩集・植物都市』（白凰社　昭和四十七年）として刊行したとき、この本を持って訪れたことがあった。声をかけたが返事がない。仕方なく、玄関先で事情を記していると、二階で人気《ひとけ》が動き、階段の上にふと佐太郎が顔を覗かせた。そしてそのまま、散歩に出る佐太郎のお伴をして、珈琲店ナイルで暫く話をした。先生とは何度か行き会う折があり、いつも言われることばがあった。「今は好きなことをすればよい。でも、五十になったら、短歌に戻って来たまえ」。

それはそれとして、上記の作は、その遊歩道往還の作である。一首目の、こまやかな時間の流れ。二首目の、老いびとの愁いの深さ。私はようやく、短歌に戻る意思を固めはじめていた。そして遂に、

杖ひきて日々遊歩道ゆきし人このごろ見ずと何時人は言ふ　（昭57）

の絶唱に出会うことになる。「生きる」ということ。「歌う」ということ。そこにはもう、いくら歌論を読んでも身に応えなかった私に、「直接・端的」「直感」「技術」「衝動」「抒情詩」といった、きれぎれの知識を不要にする実在の詩があった。

そして、私は十七年の空白を経て、再び短歌の世界に戻ったのであった。

＊

ここまで書き継いで来て、私は急に筆を擱《お》くことになった。佐太郎研究についてはすでに種々の書が出ているのだが、私が最も書きたかったのは、佐太郎初期の、熱意に満ちた青年たちが触れて来た佐太郎短歌の本質を、少しでも後進に伝えておきたかったこと、そしてその「ことば」の意味するものが、時代を経てだんだんわかり難くなっていること、それを少しでも書きのこし、継いでほしいという願いに基づいている。従って実際に自分が佐太郎から指導

をうけた「生身《なまみ》のことば」の数々によって目を開かれた事実を中心として書いて来た。従って晩年の歌に関しては、あえて深く触れることをしなかった。「歩道」初期の人々が分かれて「運河」が誕生した時代ののち、その真相を知る人々の多くが他界したいま、その事情を含めて、晩年の歌はごく一部に触れるにとどめた。要は、佐太郎の秀歌の数々が、どこがどう深いのか、どう影響したか、佐太郎の開発した、あるいは天成の感覚をどう生かしたか、それを書き遺し、佐太郎の秀歌の底にある技術と精神の精髄を、何とか次の時代につないでほしい思いに駆られて執筆をつづけて来た。

　私にいわせれば、佐藤佐太郎は、生れながらの天才であった。それは師と仰いだ斎藤茂吉によって見出だされた面もあったであろう。しかし、その天分は、天から授かったもの、そして自ら磨いたもの、さらにいえば非常に孤独なもの。佐藤佐太郎自身の口から、「短歌は一代のもの」と聴いたことがある。佐太郎の方法を継ぐとか、超えるとかいうのは土台ムリなのだ。が、その研《と》ぎ澄ました技法を多少なりとも、作品の薫りとして継ぐことができれば、それは師恩に報いることでもあろう。

　孤独な作業を、孤独と知りながら極めて行く。表現技術を磨いて行く。「短歌とは君、技術だよ」と口にした佐太郎の孤高の精神を、解説しても何になろう。何になろうかと言いながら、あえて解説を試みた私の愚挙ともいうべき行為を、どこかで誰かが心に受けてくれる人がいれば、これ以上いうことはない。ここで筆を擱くことお許し頂きたい。

第二章　佐太郎のことば

火に於ける炎、空に於ける風

「短歌」とは何か。短歌はどうあるべきか。短歌はどの様に作るべきか。

この愛すべき短詩型に魅入られた人々は、とにもかくにも佳い歌を作りたい、心に適う表現を生みたいと等しく願うと思うが、どの道を辿るにせよ、全く恣意に進むだけでは効果は得難い。独善的な創作者であっても、必ず先達の切り拓いた道を進み、更にその先を拓こうと試みる。私自身も今は自分なりに切り拓いて来た世界がある、と不遜にも思っているが、ここでは、私が最も敬愛し、最も影響を受けた先師佐藤佐太郎の短歌観について、もう一度はっきり考えてみたい。

現代短歌の世界では、一時隆盛を極めた「前衛短歌」の時代が終り、新しい方向を模索する時期にある。その中で再評価されはじめているのが、佐太郎の「純粋短歌論」である。昭和二十三年歌誌「歩道」誌上の連載がはじまり、断続、再構成を経て昭和二十八年刊行されたのが最初であるが、当時は戦後の思想の混乱期にあり、「第二芸術論」など、短歌的抒情への否定、さらには六〇年安保にかけての左翼思想、体制への傾倒など、短歌というジャンル自体が踏みにじられかねない風潮の中にあった。

　この中で佐太郎は、歌集『帰潮』（昭和二十七年）に収められた歌作の裏付けとして、「純粋短歌論」を構築して行く。

　現代では「純粋短歌」の名が先行して、内容を知らない人も多いが、その内容を私個人の立場から解読して行きたいと思う。

「純粋短歌」とは何か。一言でいえば、短歌そのものの「詩への純粋回帰」を意味している。既成の短歌作品にしばしば無選択に持ち込まれる第二義的第三義的な素因を排除して、「第一義的」な直感を重んじ、ある一瞬に閃光のように心を過《よ》ぎるものに意味を感じ、「生の律動」として捉える。

　佐太郎は既成の、周囲の短歌作品に対してかなりきつい批判を述べている。多くの「真詩」もあるが「亦実に多くの非詩を見るのである。日常的俗情と常識的論理と虚礼的姿態との氾濫を見よ。私たちはさういふ過去の短歌の属性を洗ひ去つて、第一義的な詩を追求しなければならない」「重ねていふなら、一首の短歌の内容は『詩』以外のものであつてはならないといふのが私の要求である」。

　各作者たちは、ぜひこのことばを、自らの作歌に生かしてほしいと思うのである。作歌にかなり馴れて来たころ、何にでも興味が湧き、自由に律調をととのえられるようになると、作者はいい気になり易い。自分は歌が「巧い」のだと思い込む時期がある。しかし、歌は「巧い」必要はない。「佳い」歌であってほしい。自らをしっかり見つめた感受であってほしい。「星座α」の発刊に際して、私は「歌を作るのはのびのびと、たのしく作ってほしい」と書いた。しかし、それにはひとつ条件がある。「ゆっくり、しっかり、じっくり」、時をかけて歩むこと。ただたのしく作っていても、良い歌が生まれるとは限らない。同時に、苦しんであせって巧くなろうと思っても、これまた無理なのである。そこで大いに佐太郎の「純粋短歌」の真価に気付いてほしい、と思う。日常的俗情、常識的論理、虚礼的姿態を歌の中に持ち込んでいないか。

佐太郎の初期の弟子たちはみな、佐藤佐太郎の批評を緊張して受けとめたが、その中で最も強く、かつ怖れられたのは、先生の発する評語「俗だな」「平俗だ」「これは俗調だ」ということばであった。「俗」といわれると、まるで自分の全人格が否定されたような気がして、常に感受が「俗」でないことを目指したのであった。「俗」でないことを目標のひとつとして作歌をつづけた。

その師がつねづね口にした「詩」についての表現が、表題の「火に於ける炎、空に於ける風」ということばである。実際には「詩は火に於ける炎、空に於ける風のごときもの」というので、「詩」の本質をよく表し得ている。「捉へ難い生の律動」を捉えること、それをことばでどう表現するか。

佐太郎はこうもいっている。

「短歌は純粋な形に於いては、現実を空間的には『断片』として限定し、時間的には『瞬間』として限定する形式である」

手に触れ、捉えることのできない「火に於ける炎、空に於ける風」という「現実」を、さて、どう表現したらよいか。純粋短歌の入り口でもあり奥義でもあるこのことばを最初に紹介した。

「単純」ということ

「単純」ということばは、一般に巷間では平俗な意味に堕して使われているのではないか、と思う。たとえば「あの人って単純な人ね」といえば、そこには「複雑でない」という意味で多少軽蔑的視線がまつわるだろうし、「単純な作業だから」といえば「誰にでもできる」という評価の低さが含まれるだろう。そこには「複雑」なことの方が価値がある、といった妙な極め付けがないだろうか。

しかし、佐太郎の『純粋短歌』の中には、「単にして純」であることこそが「詩」の本質だという、基本的な認識が存在する。短歌という、極めて小さな形式は、佐太郎をして「私の生命を託する形式である」と言わしめた存在である。千三百年もの昔から、五七五七七の形を保ちつづけて来たということは、日本人の心情を表わすのに最もふさわしい、完成した形式であるともいえる。そしてその形式によって表現すべきものは、自らの内に生ずる生命の律動、感動である、と佐太郎はいう。その「生きた啓示のかがやける瞬間」（ゲーテ）を「ことば」で表現するときに、はじめて短歌は「詩」として生きるのである。

この小さな詩の形式の中では、「長々しくくどくどしい詠歎」は不要であり、短歌は、「純と単に終始すべきものだ」という認識を佐太郎は幾度となく提示している。

「これを言葉以前の問題に即して言へば、『無くて叶はぬもの』を見据ゑた自己の『衝迫』として、単純にして強い、或ひは単純にして深い声を内部に聞かなければならない」

こうした認識を以て再び「単純」という一語を見直すと、それがじつに明解に「詩の本質」を突いていることに改めて気付くのである。

一般に短歌界の現状を見ると、それぞれの結社系統の技法が甘く緩やかになり、自由といえば自由、放縦といえば放縦、正統といえるものがほとんど失われてきている。百家争鳴の時期も、短歌の永い歴史の中では必要な時であるとは思うが、だからといって、目指す指標が失われ、自己流のツイッター的表現が大勢を占めることは、黙視できるものではあるまい。こうした時こそ、もう一度先人の知恵をしっかり見直すべきではなかろうか。

佐太郎は門下にこう教えていた。

「俳句には二つの要素が必要だが、短歌は一つだけでいい」

すなわち俳句には季語が要る。俳句は、選ばれた、あるいは提示された季語と、自ら捉えたものと、それが「人」の字のように支え合う。しかし、俳句より形の長い短歌は、単にして純な「一つ」の要素が十全に生かされるべきもの、従って、一気に気息が上から下へ、すうっと精神の通っている表現が最も良いのだ、とも教えた。このことは、頭では解ったつもりでも、技術の磨かれていない若年の私には、なかなか理解できなかった。上句が自然描写、下句が心理、といった二極分裂、或いは均衡のとれすぎた作になり易かった時期も永かった。しかしいま、ある程度技術的な面を身につけた立場から見ると、この教えは非常にわかり易い。要するに短歌とは、複雑な体験や思考をすべて網羅し、過去一切、未来一切を凝縮した瞬間の感動、それを表現する詩なのだ。「単にして純」とは、その瞬間の表現を意味しているにちがいない。

小さな詩型に複雑なことを「叙述」しては「詩」の真髄は表現し切れない。「単」でなければならない。「純」でなければならない。

第一流の作品とは「瞬間と断片の中にある生命のかけがえのないリズムであり、時間と空間とを超えた真実である。瞬間でありながら永遠につながる輝きを持ち、断片でありながら世界につながる重さを持っている」もの、とも佐太郎は記す。

これらは佐太郎の『純粋短歌』の中のことばである。戦後、短歌滅亡論とともに「第二芸術論」の激しい攻撃の下で成立して行った歌論であるが、六十数年後の今、改めて示唆されるところが多い。誰がどういう歌を作ろうと、それは作者の勝手ではあろうけれど、一旦は、自らの作歌姿勢を見直す謙虚な態度を持って、佐太郎のことばを噛みしめる必要があろうかと思う。

ものを見る眼

佐藤佐太郎は、門下へのことばの中で、よく「ものを観る（見る）」ということを教えた。対象をじろじろ眺め回しても、どこかよい方向から見ようとしても、それは表面に視線で撫でているに過ぎない。「ものを見る」ということは、対象の本質に迫る、ということでもあり、そこに新しい発見があり、作者独自の境地が拓ける。要するにそこに「重い断片」と「光る瞬間」がある、という考え方である。

一般に写実というと、そこにあるもの、対象をそのまま受けとる、と思われがちなのだが、西欧文学の中でいういわゆる「写実主義」のように、微に入り細を穿《うが》って、汚れていようが気分が悪かろうが、現実を精細に克明に描き出す、という行き方は、短歌の「写実」とは異っている。短歌でいう写実とは、斎藤茂吉の「短歌写生の説」の「写生」であり、それは「実相に観入して、自然・自己一元の生を写す」という考えに代表される。即ち、ものの本質、生の本質を摑み出す、という、かなり直感的な切り込み、表現を意味している。

従って、素直に対象（もの）を観て、その状態をことばに写し取ってみても、それは根本的な生の律動を伴うことは稀である。初心者の作品の評によく「説明的」ということばが用いられるが、それは、ただ「見たままを述べる」のでは、肝心な作者の「感動」が読み手に伝わって来ない、そのことをいうのである。作者の感動は、ことばに表わせなければ人には分からない。共感も得られない。その感動は「光る瞬間」であり「重い断片」である、と佐太郎はいう。ここに佐太郎短歌の最も大切なポイントがある。

対象の「実相」に迫り、一気に摑み出す。そのためには、対象をしっかりと見る。そこに「新しい発見」すなわち自分本来の、或は独自の発見があれば、あとはことばの「表現」にうつす。いい歌を得るためには、対象を「見る」ことの意味が正確にわからないと、独自の佳詠は生まれにくいのである。

くり返していうが、「見る」とは、自らの感性を磨かないと、本質を摑むことは難しい。それをなし得るのは「直観」であるとも佐太郎はいう。「観るべきものを観ること」とは、ヴァレリのいう「天の啓示のひらめく瞬間」に出会うこと、と言ってよいのかもしれない。「純粋な感動」、「生の核心」「生の律動」、というようなことばが、佐太郎の『純粋短歌』にはくり返して出てくる。何とかして相手に伝えたい、という思いが、口の重い佐太郎の口を洩れてくるのを、若い頃の私は何度も聞いた。しかし、そのことばに含まれていた意味を、ほんとうに解っていたとはとても思われない。わかってもわからなくても、心に「ものを見る眼」「直観」

ということばが染みついたことが、私の永い短歌人生を支えて来たのは確かである。人間には、一瞬で悟ってしまう空海のような人もいれば、十年二十年かかって悟る人もいる。私自身、到底入悟の境地には遠いが、しかし、佐藤佐太郎が時代の、社会の目まぐるしい変転の中で、色褪せない世界を遺したことに改めて感動し、そのことばをいくらかでも後進に伝え得るのであれば、これにまさる幸せはない。

修飾追放

短歌は短い詩型であるから、表現は簡潔であることを必要とする。先に触れた「単にして純」ということばは、いきいきしたことばを生かすための基本姿勢であり、佐太郎がつねに口にした「直接・端的」に、ということばもまた、その技術の一端を示したものである。『短歌指導』に収録されている「初歩の作者のために」の一篇に、表題の「修飾追放」がある。ここでは初歩の作者の心得として、やさしいことばで書かれているのだが、現在でも通用することなので、今回はこれについて述べておきたい。初歩の作者のみならず、短歌作者にとってはつねに気分一新を求められることばでもある。

誰にでも経験のあることと思うが、「短歌」という表現形式を特別な詩型と思って、その表現を妙に飾ったり、余計な知識、たとえば新しく知ったことばづかいなどを採り込むことに熱心な人がいる。それが「修飾」であり、それをやめよう、という佐太郎の思いが「追放」となる。このことが書かれたのは昭和三十年代だが、それ以前から、佐太郎から厳しく仕込まれたことの一つに「表現を飾るな」という作歌上の心得、基本があった。

たとえば「木の葉が舞う」とか「鳥が歌う」とか、「樹氷が咲く」「鳶が円を描く」という類を、「殊更に飾って美しい言い方をする」「それがいかにも短歌的な美しい表現ででもあるように思っているとしたら残念なこと」と佐太郎は書き遺している。

実際、現在でも「蜘蛛の糸の先についた木の葉がくるくる舞っている」とか、「散るさくらの花びらが舞いながら落ちてくる」とかいった表現は、跡を絶たない。その状況を美しい、と思うこと、つまり何気ないことに「目を止める」こと自体は、歌作にとっては初歩的な入り口で、大切なことではあるのだが、多くの人は、そこで「ことばを借りてしまう」のである。佐太郎は、こうした表現を「飾っている」と難じ、「もっと自分自身の見方を」と迫り、「平俗なことばを使うな」と厳しく戒めた。「俗」であることをもっとも排斥した。つまり、誰もが何となく心にとめている平凡な共通項的な表現は「借りもの」に過ぎず、「ものの本質」を摑んでいない、というのだ。「木の葉」は「落ちる」（落つ）か「散る」とふつうに言えばよい、といい、「鳥」は「鳴く」と端的にいえるはずだ、という指摘である。

今考えると、佐太郎が難じた「臭味のある表現」とは、大方は「擬人法」であることに改めて気づくのである。「舞う」も「歌う」もあるいは「描く」のも、本来人間の行為なのだから、木の葉が舞ったり、鳥が歌ったりするのは「間接表現」に他ならない。すなわち「直接・端的」に表現する純化が足りないのであり、殊更美化するという、いわば勿体ぶった修飾になってしまう。これを「追放」せよ、というのが佐太郎のことば「修飾追放」である。こうした「舞う」「歌う」風の間接表現を使うなと、指導者から戒められた読者も多いと思うのだが、「なぜよくないか」について十分に説明されないことがあるように思うので、改めてここに採り上げた。

ついでにいえば、短歌は集団的研鑽を踏むことが多いので、一つの表現が真似されて、一種の流行のようになることがある。たとえば女性歌人のなかで「……かもしれぬ」という結句がやたらに目についた時期があった。しかし、私にいわせれば、いかにも思わせぶりで安易である。俗臭がある。こういう表現もまた「舞う」「歌う」と同じく、直接・端的でなく、使って欲しくない語法の一つである。

それを見分けるためには、一人一人が自らの「語感」を鋭く磨く必要があると思う。「語感」については、個人の好みもあり、また「音韻」に対しての感覚の研磨も必要となる。意味だけでなく、「音の魂」「音の流れ」をきっちり受けとめる訓練が要るが、別稿に譲りたい。一言つけ加えれば、私がなるべく使わないように心がけている語彙の中に「友」「庭」などがある。ごく平凡な、くらしに密着した単語である。使っても一向に構わないのだが、対象が友人だから「友」といい、庭の風景だから考えもせずに「わが庭の」といっていいのだろうか。自覚のある、語気のこもることばになっているだろうか。修飾追放の精神は、このような一面をも含んでいる。

生のいぶき

短歌という、短い詩型にあっては、心情の傾きによって捉えた「生の瞬間」を形にする、という、非常に端的な表現を求められるわけだが、そこには、純粋なかすかな情動を「ことば」に表わす、という、避けられない作業が要る。いくら本人に純粋な感動があっても、それだけでは歌にならない。短歌表現は、「ことば」によってはじめて成り立つのである。

「ことば」をどう選ぶか。誰にとっても最も苦心するところだろう。佐太郎は「巧みであることよりも確かである」ことを要求する。添削を受ける際に、この表現は「的確でない」「正確でない」「うるさいだけ」などとお叱りをうけることは再々あった。自分としては、大いに工夫し大いに苦心しているつもりが、却って「もって回った言い方」「直接的でない表現」などと批判されるのである。特に私は若い頃からかなり詩歌（翻訳を含めて）を読み漁っていたから、つい、先人の用いた「気の利いた」語を得々と取り入れたりする。「万葉調」にかぶれて万葉集的な古代語を使うこともあった。今思えば、それは「真似する」ことである。「学ぶ」の語源が「真似ぶ」から出ているように、それを進歩の一過程として否定するつもりはないが、あくまで真似であって自分のことばにはなっていないのは当然であった。

しかし、この真似にもいろいろある。或る時佐藤先生の所に添削を受けに行くと、顔見知りのSさんという女性の先客があり、丁度歌を見て頂いていた。その人の歌の中に「菊の花びらが反《そ》って日に照っている」という表現があって、先生はこれを「ひとつの発見だね」といわれた。なるほど。そこには確かに作者の新しい発見がある。傍らに立って見ておられた志満夫人も「いいわね」と一言。私も感服した。そして早速、これに学んだ。次に訪問した際、「石蕗の反《そ》る花びらに日の照れば和《なご》みし心ひと日保たん」(『さるびあ街』所収)を提出した。一種の「真似」である。

志満夫人はすぐに「これ、Sさんが褒められたあの歌よね」と指摘されたが、佐藤先生は何もいわずに「うん、いいよ、これは」と即座に許容されたのだった。Sさんの発見に示唆されたことで、自分としては、新しい表現法を開拓した実感が、今もまざまざとのこっている。心理状態を表現するのに、実景を踏まえることを、この時獲得した感じがあった。

もうひとつ、若い頃の歌に「ふりむけば幸せ消えん歩みゆく木《もく》煉瓦路に春の雪積む」(『彩紅帖』所収)というあまりうまくない作がある。この歌を提出したときの、佐藤先生の評にもはっきりした記憶がある。

いつも口重く、短いが明確な批判をされる先生であったが、この作を前にして、しばらく

「うーん」と言ったまま無言だった。この時も志満夫人がうしろからのぞいておられて「ちょっと甘いわね」と一言。当時「甘い」といわれるのは、甘ったるい意味だから、的確でない、俗っぽい、ということでもある。私は身を縮めた。

すると、佐藤先生は意外にも、「少々甘いが、まあいいか。女だから」といって大きくマルをつけて下さったのだった。いっぺんに心がふくらんだ。先生は溜息のように大きく息を吐いて、破顔一笑。志満夫人も笑い出して、一気に空気がほぐれた。大した歌ではないが、おそらく、その時の私の、「生」の心情を大切に思ってくださったのだろうと思う。

添削する際、佐藤先生は本当に真剣に見て下さった。自らの時間を削り、他人の下手な歌を、可能な限り、少ない字数だけで直して下さった。その人の程度によって、できるだけ少しの字数で変えるので、決して〝改作〟してはいけない、とは、後々までいわれたことである。その真剣さを、「当り前」のように受け取ってきた自分を、今はまことに申し訳なく思うのだが、それが佐藤佐太郎の、短歌に対する態度だったのである。

佐太郎のことばの中には、次のようなフレーズがある。

「わたくしたちは、巧みであることよりも、確かであることを要求する。けれどもその正確さは、強調と変形とを拒否するものではない。強調と変形とは芸術の常である」

「実在感のある形はどうしたらできるか」

「強調と辛辣な真実によって短歌は生きるのである」

こうしたことばのあと、こんな一句に出会った。「主観語がなくても、またどういう形であっても、詠嘆はこもり得る、詠嘆とは作者のいぶきである」。

言語の感情

「言語の感情」というのは、佐藤佐太郎の『短歌作者への助言』（昭和四十五年）に出てくることばの一つである。

作歌する場合、「ことば」をいかに選ぶかは、その作品を良くも悪くもする。作歌にいくらか馴れてくると、見たこと思ったこと、その感動をどう伝えるか、当然その人らしい選択をするようになるが、どのことばがそこに最もふさわしいか、歌のリズムにいかにフィットさせるか、各自さまざまな工夫をすることになる。

その際、多くの、蓄積したことばの中からスムーズにことばが浮かび上がってくるのは自然の勢いであり、その勢いを生かすことが最上ともいえる。しかし、作者たちは時として、「巧く見える」ようなことばを選びがちである。佐太郎は次のようにいっている。

「作る歌はそれぞれ個人の要求によって素材は何であってもいい。見る眼が的確に徹底することを希い、感情に直接な言葉を希って、一首々々骨折って作るまでである」

「見る眼、表現の言葉に不断の工夫と変化とが要求されるのである。習熟することは一つの力量だが、その習熟をあえてふり捨てるだけの勇気をもって、一回性の経験、一回性の言語として一首があるという方向に行くのが本当である」

らくな表現をするな、と言っているのだ。ことばは、ある時はなめらかに流れ、ある時は「塊」となって一首を不動のものとする。その感覚を大切にせよ、という戒めでもある。

作歌をはじめてだんだんおもしろくなって来ると、作者は表現に工夫をこらすのは当然だが、他者が巧い表現をしているとすぐにそれを真似たり、『万葉集』で知った古語を使ったりする人が、結構多い。ことばを使いこなす過程としては、通過してもよい修練なのかもしれないが、佐太郎はそうした、考えの浅い模倣を許さなかった。

例えば「うつしみ」（現身）ということばを佐太郎は嫌った。斎藤茂吉の作には沢山出て来るが、一般の作者が使うと、何か空疎で感心しない。どう感心しないかといえば、何かもったいぶった感じがする、とくに作者自身のことを歌った際にはなお気になる、というのである。「力量と工夫があったら使ってもいいだろう」と、佐太郎は限定範囲を設けているが、それだけに怖ろしい。使いこなす自信がないから、私は使ったことが無い。

「言語の感情」とは、ごく単純に言い換えれば「語感」のことだが、それは、歌を作る人間の持つ「ことば」に対する感受性が研ぎすまされていないと、分別できないものでもある。人が使ったから、これはいい、と思って早速採り入れても、決して一首に溶け込むことはない。そこだけ「借りもの」の語感となって、一首から浮き上がってしまう。他人の語句を借りても、ほんものの自らの作にはなり難いのである。

当時の佐太郎は「俗」な語感を極端に嫌った。ことばは飾ってはならない。いわゆる詩語のような、修飾的な語ではなく、簡潔に、単純に、直接的に表現するのがよい。だから、「雪が舞ふ」などという擬人法は、はじめから受け入れられなかった。「雪」は「降る」のであって、人間のように「舞ふ」のは「疑人法」であり、間接的になる。だから「雪の降り方」の表現を、門下たちはさまざまに工夫することになる。「降る」だけではないはずだ。「吹かるる」「散りくる」「流れくる」「積む」……。いや、動詞ではなく、他の表現もあるはずで、「軽き雪」「雪重く」「雪明り」「夜の雪」「深夜の雪」「雪の音」「音立てず降る」「雨より雪に変りたり」「春雪の街」「傘の雪」「溶ける雪」「凍る雪」……。いくらでも枝分かれして連想は広がり、表現のみならず、一首の歌の内容に厚味が出てくる。

結句を「をり」（居り）で止める形も、必要な所以外には使わないのが佐太郎流であったし、「なり」という助動詞で終る形は、「説明的な語感」がまつわることも教えられた。しかし、絶対的に使ってはならないとは、佐太郎は決して言わなかった。苦心して選び取り、それしかないと思えば、その覚悟をして使ってもよいのである。その語感を生かすのも殺すのも、作者自身の力量なのだから。佐太郎は「安易な妥協」を許さなかっただけなのだ。「語感」を磨くのは、作者自身の努力によるしかないのである。

「削る」とは何か

佐太郎の表現技術の中で、最も柱となった「純」と「単」。その方法論として、常に教えられたことは、ことばを「削る」ことであった。前に「修飾追放」について触れたが、表現者はどうしても、精確に言おうとすればするほど、「ことばを尽くして」言いたくなる。しかし、短詩型を扱う人間は、でき得る限り余剰を捨て、ことばに気息、語気のこもるように「浄化」し「単純化」することを忘れてはならない。

しかしそこに、ノミの跡をのこさないように心がける必要がある。一見「自然流露」のように見えながら、単なる「素朴」ではなく、そのことばの要不要、吐く息吸う息の自然な息づかい、そこに内部の衝迫をそのままことばに流露するかたち。「言うは易く行うは難し」とは、われわれ俗人にとって身に沁みることばだが、頭でわかっても、なかなか身につかない技《わざ》である。

『佐藤佐太郎全歌集』が刊行された頃、私は歌壇から離れていた。しかしこの書の完成した後、編集を担当した講談社の高橋加寿男氏に招かれて、その苦労話と完成のよろこびを聞かされる折があった。このことは前にも触れたが、その際心にのこった話のひとつに、佐太郎の「削り」に対する体験談があった。

当時、一般に、雑誌の編集長は部下を連れて作家の許を訪れ、許可されれば後日直接稿を受け取りに行き、再び校正も持参する、というのが、作家と編集者との常の形で、今のように電話やＦＡＸで事を済まし、原稿料は振込み、などという表面的なつきあいではなかった。編集者が作家の資質をよく見抜き、佳い原稿を入手することに腐心する時代でもあった。

ある時、高橋氏が原稿の校正をもって佐太郎を訪ねると、佐太郎はすぐに、他の仕事を押しのけて、校正の赤を入れはじめた。見ていると佐太郎は、

「うーん、このことばは要らんな」

と惜し気もなく、文章の一部を消してしまう。

「これも要らんな。うん、ここもうるさいな」

見る見る、文章の量が減る。しかし、返された校正を再び刷り出してみると、ものの見事に、文章が締まっていた、というのである。

「他の作家はね、赤が入るとたいていは文章が増えるものなの。しかし、佐太郎先生だけは、ぐっと減って、ぐっと緊《しま》って重みが増す。いつも。それが佐太郎先生なんですよ」

印象的な実見談であった。当時は流行していたモダニズムの、華麗な色彩と豊富なことばこ

溢れた、めくるめく魅力に、青年たちが魅了されている時代であった。一方、思想的な闘争もめまぐるしい勢いで力を漲らせていた。

その中で短歌形態から逃げ出し、放送詩や合唱組曲の作詞に精魂をつぎ込んでいた私には、鉄鎚を下されたような印象があって、このことばをよく記憶している。いくらすばらしいことばを積み上げてみても、そしてそこから波のような抒情は伝わるとしても、一時のものではないのか。何があっても、たとえ大津波を受けても、その波のあとに残るようなものとは何なのか。もしかすると、「生」における一瞬の衝迫を切りとるのは、「短歌」という小詩型以外に無いのではないか、という思いが萌した瞬間でもあった。

それから短歌に戻るまでに、私には更に永い時間が必要だったが、ことばを「削る」、というより「純化」することの大切さ、そして一語一語が呼吸しているような「ことばのつながり」や「息づかい」を殊の外重視するようになった。

作品には、作者の「いぶき」がこもる。心の波動が、表現の波動となって現われる。それを十全なものにするためには、まず「ことば」に付随する俗気を去ること。不要な飾りは削る去ること。

少女期に佐太郎門下になって以来、さまざまな面で佐太郎の影響を受けて来たが、若かった私には、その幸せがなかなか実感できないでいた。いくらあがいても、佐太郎の作品には敵わに真似してみても何にもならない。当り前のことだ。誰も佐太郎の才質を継ぐことなど出来はしない。真似してみても何にもならない。しかし今思うと、批評の中で「これ、うるさいな」「このことば〝俗〟だな」とぽつりと一言いわれる毎に、「ことば」を生かすために〝余分な表現を削り落とす〟ことを教えられていたことになる。余計なものを削り落としたら薄っぺらくなるような作品は、はじめから消した方がマシなのである。

熟練を破る

「短歌」という、伝統的な詩型を保つこの短詩の本質はどこにあるのか。短歌にはいつの時代にも、必ず生き残った秀歌がある。

たとえば千三百年も前の防人の歌、

ま愛《かな》しみさ寝《ね》に吾《わ》は行く鎌倉の美奈の瀬川に潮満つなむか　（『万葉集』巻十四）

文字も知らない一兵士の、故郷にいたころの一断片が採録されたわけだが、〈あの子がサ、あんまり可愛いから、今夜も川をじゃぶじゃぶ渡って抱きに行くんだ、俺は。でも、美奈瀬川は浅いけど、満潮のころなんだ、渡れるかなあ〉。

この率直さ。飾りの無さ。生きていることの若々しい感触。そうしたことを、もしかすると、現代歌人たちは忘れてはいないだろうか。ここには紛れもなく「いのちの輝き」がある。しかしこの歌には、皆に褒められようという意識のかけらもないし、まして、まさか千三百年も後の人の心に訴えようなどという意思もなければ欲もない。自然そのまま、なのだ。その真率さそのものが「いのちの輝き」を生んだ例ともいえる。

佐太郎のことばの中に「感動は瞬間のひらめき」であり、「精神力が一瞬に働くときに結ぶ直観像」であるという記述がある。また、「かけがえのない瞬間」ということばがある。

その凝縮の一瞬は、自身の眼で見、自身の心で感じる他はない、説明できない種類のものだが、実は誰の周囲にも無数にその契機はあるはずなのだ。そのことを佐太郎はくり返し云い、くり返し書いている。佐太郎の短歌が大好きで、こわい先生なのにその魅力にとりつかれた若い弟子たちは、ともかくもその気息に触れたくて、いつもまわりに群れていた。しかし、ほんとうに佐太郎の大切さのわかっていた若者が何人いたことか。一生けんめい作っていった歌稿を前に、ぼそりと一言、「うーん。俗だな」と×がつく。「作り過ぎだよ、君」。……「俗」とは、ことばに俗気がのこっていたり、誰かの模倣だったり、言い過ぎの場合だったりする。発想そのものが俗な場合は、添削もして下さらない。

そういう訓練は、現代ではあまり見られなくなり、同人誌風に選をせずに載せる歌誌もふえているのが現状だが、私どものところでは、やはり選者を通して多少の添削をすることを通している。しかし、添削はできるだけ少ない部分にしておくのがよい。時に、添削者が自力を信じて大幅に手を入れてしまうことがある。これはたしかに行き過ぎで、添削ではなく改作になってしまう。このことを、佐太郎は厳しく戒めた。その人の段階に従って助言すること、それが添削の極意で、改作してしまったら作者のためにも良くないのである。直してもらえると安易に考えて、窮極まで自作を詰めることをしなくなってしまうこともあるし、添削されると、これは自分の歌ではない、として他に「褒めて」くれる先輩を求めて離れていく。それはそれで良いのだが、むしろ添削者の方に問題がある、と思う方が当っているような気がする。

ところで、佐太郎のことばの中で「個性」を論じていうのに、「熟練を破る」ということばがある。「個性」とは、類型的なもの、常識的なもの、習慣的なもの、それら一切を否定するところにあり、すべて、自分の眼で見、自分のことばで言うこと、また「常識」を破る心がまえをもつこと。このあたりは誰にでもわかり易いのだが、こうして「熟練」が身についてくると、〈個性〉を保とうとするあまり、熟練が固定化してしまう。それを破らないと、個性は深化しない、というのが佐太郎の論法である。

要するに、いつも、安心してはいけないのである。

短詩型であることには、つねに多くの制約がつきまとう。定型を守るため「捨てる」ことを恐れないこととか、切れ目に工夫を凝らすとか、韻律の息づかいを大切にするとか、みな表現技術を磨くのは当然であるが、あまり巧みに過ぎるといわゆる「クサイ」表現になったり、わざとらしくなったり、反対にどこかで見たような類型的表現になったりする。このことが一番こわいのである。これ見よがしの表現は、目立ちはしても決して純粋に個性を発現する作品にはなり得ない。さればといって淡々と云うだけで核心のないものは人の心に残ることはない。単なる自己満足で終ってしまう。

この辺りのことを、佐太郎は「純粋短歌論」の中で、じつに丁寧に説いているのだが、若い頃にはその真意が十分にはわからなかった。改めて表題の一言を味わいたいと思う。

第三章　佐太郎秀歌百首

『軽風』

日ざかりの街に出づれば太陽は避雷針の上にいたく小さし　（昭6）

『歩道』

公園《こうゑん》のくらがりを出でし白き犬《いぬ》土にするばかり低く歩きぬ　（昭8）

ここの屋上より隅田川が見え家屋《かをく》が見え鋪道《ほだう》がその右に見ゆ

連結《れんけつ》をはなれし貨車《くわしや》がやすやすと走りつつ行く線路の上を　（昭10）

鋪道《ほだう》には何も通らぬひとときが折々ありぬ硝子戸《がらすど》のそと　（昭11）

薄明《はくめい》のわが意識にてきこえくる青杉《あをすぎ》を焚《た》く音とおもひき

電車にて酒店《しゆてん》加六《かろく》に行きしかどそれより後は泥《どろ》のごとしも

おもおもと夕雲《ゆふぐも》とぢて坂道をくだり来ぬれば家に到りぬ　（昭13）

鋪道にはいたく亀裂《きれつ》があるかなと寒《かん》あけごろのゆふべ帰路《かへりぢ》　（昭14）

とどまらぬ時としおもひ過去《すぎゆき》は音なき谷に似つつ悲しむ　（昭15）

『しろたへ』

地下道を人群れてゆくおのおのは夕《ゆふべ》の雪にぬれし人の香　（昭16）

をさな子は驚きやすく吾がをればわれに走りて縋《すが》る時あり

白椿あふるるばかり豊かにて朝まだきより花あきらけし（昭17）

充ち足らへる人のたもたむ幸《さち》といへど心畏れなき人もたもたむ（昭18）

『立房』

よもすがら雪のうへにて清くなりし外の空気に椎《しひ》の枝みゆ（昭21）

あらかじめ暑き一日《ひとひ》の朝《あした》にて窓よりいづるわが部屋の塵

ことゆゑもなく怖ろしき声いでて吾みづからも妻ももをののく

街ゆけばところどころに光るもの鋪道のうへのマンホールなど

『帰潮』

苦しみて生きつつをれば枇杷《びは》の花《はな》終りて冬の後半となる

道の上にあゆみとどめし吾がからだ火の如き悔《くい》に堪へんとしたり

連結を終りし貨車はつぎつぎに伝はりてゆく連結の音

地《つち》の上《うへ》ものみな軽くただよはん風とおもひて夜半にさめ居り

あぢさゐの藍《あゐ》のつゆけき花ありぬぬばたまの夜あかねさす昼

（昭22）

潤《うるほ》ひをもちて今夜《こよひ》のひろき空星ことごとく孤独にあらず

かぎりなき地《つち》の平和よ日もすがら響きをあげて風やみしかば

おごそかに昼ふけわたる夏の日にそよぐものあり銀杏無尽葉《いちやうむじんえふ》

女一人《をんなひとり》罪にしづみてゆく経路その断片を折々聞けり

冬の光移りてさすを目に見ゆる時の流といひて寂しむ

つれづれのかかる寂しさ冬日《ふゆひ》さす道のとほくに犬がねて居る

夕空の青き空気は山茶花《さざんくわ》の花にうごきぬあはれ冬花《ふゆはな》

目をあけて聞きつつゐたり暗黒《あんこく》を開く風の音遥かよりして

（昭23）

四十歳になりし褻衣《せつい》は歩みをり疾風《はやち》しづまりしこの夕明《ゆふあかり》

戦《たたかひ》はそこにあるかとおもふまで悲し曇のはての夕焼

椎《しひ》の葉にながき一聯《いちれん》の風ふきてきこゆる時にこころは憩《いこ》ふ

みづからの光のごとき明るさをささげて咲けりくれなゐの薔薇《ばら》

寝ぐるしき夜半《よは》すぐる頃ひとしきりまた衝動のごとく降る雨

胡桃《くるみ》の実《み》川に落ちしがはかなごと思ふ沈めりや流れゆきしや

ありさまは蓄思《ちくし》みづからの誕生の日を妻と子に祝福せしむ

魚のごと冷えつつおもふ貧しきは貧しきものの連想を持つ

うつしみの人皆さむき冬の夜の霧うごかして吾があゆみ居《ゐ》る

極楽寺《ごくらくじ》の石のきざはしのぼるとき右も左も晩春の麦

家いづる勤《つと》めを持たず黙《もだ》しをり夕べとなりて草光るとき

満腹《まんぷく》になりし鶏のひなの声その平安《へいあん》はわれにも聞こゆ

わが涙いまこそ乾け土の上つめたくなりて咲きし花等よ

（昭24）

地《つち》ひくく咲きて明らけき菊の花音あるごとく冬の日はさす

貧しさに耐《た》へつつ生きて或る時はこころいたいたし夜《よる》の白雲《しらくも》

夜の蛾を外に追ひしが闘争はかくのごときにも心つかるる

桃の木はいのりの如く葉を垂れて輝く庭にみゆる折ふし

秋分の日の電車にて床《ゆか》にさす光もともに運ばれて行く

銀行のとざす扉《とびら》に人倚りて日を浴《あ》みゐたりこの路傍の観

わが来たる浜の離宮のひろき池に帰潮《きてう》のうごく冬のゆふぐれ

（昭25）

『地表』

なよなよとせる女性語《ぢよせいご》を聞かずして大寒《たいかん》の日々家ごもりけり　（昭26）

階《かい》くだり来る人ありてひとところ踊場《をどりば》にさす月に顕《あら》はる

肉親を負ひてあへぐといふ意識相対にして子等さへも持つ

秋彼岸《あきひがん》すぎて今日ふるさむき雨直《すぐ》なる雨は芝生《しばふ》に沈む

高層のひろき窓々冬雲のはれし昼にて空の香をもつ　（昭27）

争ひの声といふとも孤独ならず鮭《さけ》の卵《たまご》をかみつつ思ふ　（昭28）

ほこりあげて春のはやちの凪《な》ぎし夜《よる》妻も子も遠しわが現《うつつ》より　（昭29）

争へばこころ疲れてゐたりしが疲労は人をしづかならしむ

鉄のごとく沈黙したる黒き沼黒き川都市の延長のなか　（昭30）

北上《きたかみ》の山塊に無数の襞《ひだ》見ゆる地表ひとしきり沈痛にして

『群丘』

いのちある物のあはれは限りなし光のごとき色をもつ魚　（昭31）

平炉《へいろ》より鋳鍋《いなべ》にたぎちゐる炎火《ほのほ》の真髄は白きかがやき　（昭32）

屋根のうへに働く人が手にのせて瓦をたたくその音きこゆ　（昭34）

白藤《しろふぢ》の花にむらがる蜂の音あゆみさかりてその音はなし　当麻寺

砂糖煮る悲劇のごとき匂ひしてひとつの部落われは過ぎゆく

栗の花おぼろに見ゆる月夜にて翅音《はね》のなき蝶もくるべし

衝動のごとき拍手のひびきあり幾たびとなくところを替へて　（昭35）

『冬木』

憂《うれひ》なくわが日々はあれ紅梅の花すぎてよりふたたび冬木　（昭40）

冬の日の光かうむりて噴水の先端がしばしとどまる時間

たえまなく吹く風つよし八階に居りてみおろす道光るまで

遠くより示威行進のこゑきこゆ個々の声なきどよめきとして

『形影』

おもむろにからだ現はれて水に浮く鯉は若葉の輝きを浴む

あたたかき冬至の一日《ひとひ》くるるころ浜辺にいでて入日を送る

暁の部屋にいり来しわが妻の血の香を言ふは悼むに似たり

（昭41）

冬山の青岸渡寺《せいがんとじ》の庭にいでて風にかたむく那智の滝みゆ　（昭43）

夕光《ゆふかげ》のなかにまぶしく花みちてしだれ桜は輝《かがやき》を垂る

何もせず居ればときのまみづからの影のごとくに寂しさきざす　（昭44）

『開冬』

旱天の冬の屋上に飼はれゐるものにおどろく鵜の眼は緑　（昭45）

冬至すぎ一日《ひとひ》しづかにて曇よりときをり火花のごとき日がさす

地底湖にしたたる滴かすかにて一瞬の音一劫の音

冬の日の眼に満つる海あるときは一つの波に海はかくるる

草木に雌雄があるといふことのわづらはしさよ何故となく（昭47）

冬晴の午後三時ごろしづかにて煙霧のなかに日は遠ぞきぬ（昭48）

冬ごもる蜂のごとくにある時は一塊の糖にすがらんとする

朝夕に逡巡して味ひの長からんわが残年のうちの一年（昭49）

『天眼』

ただ広き水見しのみに河口まで来て帰路となるわれの歩みよ（昭50）

街ゆけばマンホールなど不安なるものの光をいくたびも踏む

灯の暗き昼のホテルに憩ひゐる一時あづけの荷物のごとく　（昭51）

わが顔に夜空の星のごときもの老人斑を悲しまず見よ

山茶花の咲くべくなりてなつかしむ今年の花は去年を知らず　（昭53）

『星宿』

珈琲《コオヒー》を活力としてのむときに寂しく匙の鳴る音を聞く　（昭54）

憩ひつつたまさか見ゆるその地《つち》にいたるまで木の葉ただよふ時間

きはまれる青天はうれひよぶならん出でて歩めば冬の日寂し

おのづから星宿移りゐるごとき壮観はわがほとりにも見ゆ　（昭56）

佳《よ》き歌と佳からぬ歌を言ふきけば疑似《ぎじ》毫髪《がうはつ》と歎かざらめや

ひとところ蛇崩道《じやくづれみち》に音のなき祭礼《さいれい》のごと菊の花さく

杖ひきて日々遊歩道ゆきし人このごろ見ずと何時《いつ》人は言ふ　（昭57）

『黄月』

突然に大き飛行船あらはれて音なくうつる蛇崩の空　（昭59）

箱根なる強羅公園にみとめたる菊科の花いはば無害先端技術

（昭60）

初出

・佐太郎秀歌私見　「星座―歌とことば」四十九号（二〇〇九年四月）
〜六十五号（二〇一三年四月）

・佐太郎のことば　「星座α《アルファ》」一号（二〇一〇年十一月）
〜八号（二〇一四年六月）　＊現在連載中

あとがき

　この書は、本来、私が主筆をつとめる「星座―歌とことば」（かまくら春秋社、現在季刊）誌上に、会員のために書き継いだもので、若いころ佐太郎門下にあって鍛えられながら育った私としては、佐太郎の作歌法の真価をできる限り体験に基づいて記しておきたいという思いから出発している。すでにさまざまな筆者による佐藤佐太郎論もいくつか書かれており、詳細な記録も遺されている。しかし、実際にはその中期以後について詳しいので、私としては、なかなか空白感を埋められないでいた。「歩道」創刊初期のころから周囲にいた者も残り少なくなって、とくに昭和五十八年、「歩道」から分かれた「運河」に、初期佐太郎門で育った者の多くが移ったという経緯もあり、意外にも初期からの門下の視線が生かされていないことに、些かの不安を持っていた。

　私自身、短歌界から永く離れて『源氏物語』をはじめとする古典文学の分野、それに繋って香道という極めて狭い分野での研究、執筆をつづけていたし、それ以前は放送詩、合唱組曲の作詞に携っていたという経過もあって、むしろ短歌界を中からでなく、外からの視線で見て来た時間も永かった。

しかしすでに年を経て、いま書いて置かなければ、佐太郎の数少なく非常に奥の深い「ことば」の示すところが、次第に理解され難くなるのではないか、という危惧に押し動かされて、このような「佐太郎の解説」ともとれる非常に勇気の要ることを承知の上で書きはじめたのであった。

　私が最もつよい影響を受けた『帰潮』の制作時代には、いつも先生のまわりにうろうろしていたから、当然、好きな歌が多く、百首の内の三分の一を占める始末である。が、これが私の正直な感想であり評価であり、今まであまり踏み込まれていないその影響力を、いくらか解読できたかとも思っている。

　今、私が書いて置かないと、勝手な解説をされそうで、怖い、というのが本心である。異った解説をするのは、その人の勝手だが、少なくとも「星座の会」の会員には、きちんとした読み方をして欲しいというのが出発点であった。いま、一般世上に公表するからには、反対意見もあろうし、難解だと思う人もあるだろう。しかし、佐藤佐太郎の歌という原点がなければ、今の私はないわけで、それは短歌だけではなく、言語表現全般に亘ってのかけがえのない先達の導きだったのである。

　前衛短歌運動以後、短歌への心寄せも、表現法も、すべて様相が変わり、「詠う一短歌から

「書く短歌」「読む短歌」「つぶやき短歌」へと方向を変えている多様性に充ちた短歌世界、インターネットやらｉＰａｄやら、映像を伴う短歌など、広い裾野をひろげているのが現実の短歌世界である。私自身は結社ということばを使わないし使わせないので、どこで誰がどういうものを短歌と呼んでも、別に気にしてはいない。しかし、永い歴史を持つ短歌である。その中に佐藤佐太郎という、秀れた「技」を持つ歌人がいたこと、そしてその真意を知って、できる限りその技術の先を開いていくこと、それを心にしっかり据えて下さる方が何人かでもふえたら、私としては私の使命を了えたことになろうか。

尾崎　左永子

平成二十六年八月

尾崎左永子（おざき・さえこ）

昭和二（一九二七）年、東京生れ。東京女子大国語科在学中に佐藤佐太郎門下となる。同三十二年、歌集『さるびあ街』（筆名・松田さえこ）刊行。また放送作家、作詞家として活動。同四十年、夫の研究留学に従って渡米。はじめて日本語の美しさに目ざめる。帰国後、松尾聰門下として源氏物語に取り組み、『源氏の恋文』（日本エッセイスト・クラブ賞）、『源氏の薫り』、『新訳源氏物語全四巻』、『梁塵秘抄漂游』などを刊行。平成十一年、歌集『夕霧峠』で迢空賞受賞。同十三年、雑誌「星座―歌とことば」創刊、主筆として現在に至る。他に『香道蘭之園』校訂解題、『神と歌の物語・新訳古事記』、『王朝文学の楽しみ』、『平安時代の薫香』など古典に関する著書多数。また『現代短歌入門』をはじめ、『さくら』、『椿くれなゐ』など歌書・歌集。『蔵王』などの合唱組曲、歌曲の作詞も多い。

佐太郎《さたろう》秀歌《しゅうか》私見《しけん》

初版発行　2017（平成29）年12月25日

著　者　尾崎左永子
発行者　宍戸健司
発　行　一般財団法人　角川文化振興財団
〒102-0071 東京都千代田区富士見1-12-15
電話 03-5215-7821
http://www.kadokawa-zaidan.or.jp/
発　売　株式会社 KADOKAWA
〒102-8177 東京都千代田区富士見2-13-3
電話 0570-002-301（カスタマーサポート・ナビダイヤル）
受付時間　10：00 ～ 17：00（土日 祝日 年末年始を除く）
http://www.kadokawa.co.jp/
印刷製本　中央精版印刷 株式会社

 ISBN978-4-04-884162-7 C0092